MO
L'Inu

ŒUVRES DE GUY DE MAUPASSANT

Dans Le Livre de Poche :

UNE VIE.
MADEMOISELLE FIFI.
BEL-AMI.
BOULE DE SUIF.
LA MAISON TELLIER.
LE HORLA.
LE ROSIER DE MADAME HUSSON.
LA PETITE ROQUE.
CONTES DE LA BÉCASSE.
MISS HARRIET.
PIERRE ET JEAN.
LES SŒURS RONDOLI.
MONT-ORIOL.
CONTES DU JOUR ET DE LA NUIT.
FORT COMME LA MORT.
NOTRE CŒUR
CHOSES ET AUTRES *(Chroniques littéraires et mondaines).*

Collection dirigée par Michel Simonin

GUY DE MAUPASSANT

Mouche

L'Inutile Beauté

INTRODUCTION, COMMENTAIRES ET NOTES
DE PATRICK ET ROMAN WALD LASOWSKI

LE LIVRE DE POCHE
classique

Patrick et Roman Wald Lasowski ont, pour Le Livre de Poche, déjà préfacé et annoté *Les Sœurs Rondoli* de Guy de Maupassant et *Le Chevalier Des Touches* de Jules Barbey d'Aurevilly. Ils ont présenté les *Nouvelles en trois lignes* de Félix Fénéon aux éditions Macula, préfacé les *Romans autobiographiques* d'Octave Mirbeau au Mercure de France.

Ils ont publié *André Gide, 16 octobre 1908*, chez Jean-Claude Lattès. Aux éditions Gallimard : *De la Beauté des femmes*. Ils préparent l'édition des Érotiques et Libertins du XVIIIᵉ siècle pour la bibliothèque de La Pléiade.

Patrick et Roman Wald Lasowski participent aux travaux du centre de recherche *Modalités du fictionnel* à l'Université du Littoral.

Préface

Mouche

Cinquième étage, chez Maurice Leloir, quai Voltaire...

Au mois d'avril 1875, dans l'atelier du peintre, Flaubert se réjouit du spectacle que préparent pour quelques intimes Guy de Maupassant et Robert Pinchon : *À la Feuille de Rose, maison turque*. « Joseph Prunier tenait la plume, témoigne Léon Fontaine, chacun y apportait ses idées, son grain de sel et, scène à scène, la pièce fut ainsi composée, en riant, par blagues. L'enfant fut donc conçu dans la joie et eut autant de pères qu'il y avait de camarades réunis[1]. » Hommage au Vieux, au Patron, c'est en souvenir de l'établissement de la Turque évoqué par Frédéric et Deslauriers aux dernières pages de *L'Éducation sentimentale*, que Maupassant écrit, met en scène et interprète cette pièce lubrique : un couple de bourgeois montés de province s'introduit par erreur dans une maison close. Maupassant travesti est déguisé en fille. Robert Pinchon, dit *La Tôque* – mais aussi *Thermomètre*, *Centigrade* ou *Réaumur*, de ceux qui « font immédiatement monter la température » – paraît en capitaine retraité, en Anglais, en Frégoli, en vidangeur, en bossu originaire de Chartres. Pourquoi de Chartres ? « Parce que tu es de la Beauce », lance au milieu de l'excitation générale une pensionnaire de la maison. Parmi les acteurs, eux aussi travestis, Léon Fontaine,

---

1. Cité par A. Grenier dans sa préface à la pièce de Maupassant, Encre, 1984.

Maurice Leloir, Octave Mirbeau enchaînent jeux de mots et situations scabreuses. Dans l'atelier transformé en salle de spectacle, Flaubert s'amuse, songeur et rayonnant, l'artiste incontesté, l'écrivain superbe et solitaire, à regarder Maupassant et la petite bande livrés à ces joyeux débordements.

Deux ans plus tard, il assiste à la seconde représentation de la pièce, chez le peintre Becker, le 31 mai 1877, avec Edmond de Goncourt, Zola, Gustave de Maupassant, et, dans l'assistance, plusieurs femmes, femmes du monde et actrices, bourgeoises masquées. Maupassant a informé La Tôque, au début du mois de mars, du désir général de voir la pièce reprise. Au-delà, pourquoi ne pas continuer ensemble, ouvrir un théâtre de société, avec distribution, partage et alternance des rôles. Maupassant fait miroiter à l'ami Pinchon quelques jolies comédies : « Nous monterons cela grandement, et tu te réjouiras, ô régisseur-né. Il faudrait qu'elles fussent à trois, quatre ou cinq personnages, pas plus, et farces autant que possible. »

Cinq, oui, pas davantage... Cinq est le nombre idéal. Pour former une bande, rire ensemble et partager les filles, raconter ses prouesses, ou conquérir Paris sous le drapeau naturaliste : « Il faudra discuter sérieusement sur les *moyens de parvenir*. A cinq on peut bien des choses, et peut-être y a-t-il des *trucs* inusités jusqu'ici », écrit Maupassant à Paul Alexis en janvier 1877. Et quand paraissent *Les Soirées de Médan* en 1880, sous les auspices de Zola, l'École naturaliste expose au public cinq visages nouveaux : « Petite bande de jeunes présomptueux », tranche Albert Wolf, critique au *Figaro*. De la joyeuse troupe travestie de la Maison Turque à la petite classe de Médan, ici et là, Maupassant figure dans le nombre... Bientôt ils seront six, en juillet 1887, à prendre pied dans la nacelle du *Horla*, après que l'immense enveloppe du ballon achève de se déployer, de grossir sous leurs yeux, au moment où le capitaine Jovis fait l'appel des passagers. Mais un passager est de trop. Il faut jeter du lest : « M. Eyriès doit partir », constate Maupassant, secrètement ravi. Départ de Paris, c'est la fugue de l'air, la sensation nouvelle, délicieuse, de « traverser l'espace sans rien sentir de ce qui rend insupportable le mouvement, sans bruit, sans secousses et sans trépidations ». *De Paris à Heyst*. L'épure du mouvement ; le ballon coule dans l'air ; le nombre est restauré : « Ce petit monde en marche porte cinq hommes »... Dans la vie comme dans l'œuvre, du voyage dans les airs jusqu'aux *Tombales*, l'une de ses dernières nouvelles, qui affiche une fois encore, une fois de plus, la présence, la solidarité nécessaire du groupe des amis réunis. Fins de repas, fins de soirée, clôtures de la chasse, retrouvailles régulières dans la fumée des alcools et la vertu digestive du conte, le narrateur se ressource auprès de ses convives, les appelle. Le récit les réclame avant de commencer : « Les cinq amis achevaient de dîner, cinq hommes du monde [...]. » *Il nous dit*.

Les voici cinq de nouveau, comme aux beaux temps, comme aux beaux jours de la belle équipe dont le souvenir ravive en Maupassant le bonheur des années passées au bord de l'eau. La belle équipe à laquelle renvoient les tablées nostalgiques, populaires ou mondaines, que réunissent ses contes et nouvelles : « Vous rappelez-vous, vieux amis, mes frères, ces années de joie où la vie n'était qu'un triomphe et qu'un rire », *Souvenir* (dans *Gil Blas* du 20 avril 1884). Les « ivresses d'air bleu dans les cabarets au bord de la Seine, et nos aventures d'amour si banales et si délicieuses », quand on prenait la mouche ou l'hirondelle, les bateaux à vapeur qui menaient à Saint-Cloud, dans l'oubli du bureau, de toutes les misères. Quand on *sortait*... Les voici, quinze ans plus tard, magnifiquement présents à l'appel dans *Mouche*, publiée en février 1890 dans *L'Écho de Paris*. La petite bande originelle. Tous les cinq enfin nommés : Petit-Bleu, Tomahawk, N'a-qu'un-Œil, La Tôque, Joseph Prunier.

Et toi « petite cantharide bourdonnante et enfiévrante », excitant, irritant les désirs par ton bourdonnement continu – et toi, petite Mouche.

« Comme c'était simple, et bon, et difficile de vivre ainsi, entre le bureau à Paris et la rivière à Argenteuil. Ma grande, ma seule, mon absorbante passion, pendant dix ans, ce fut la Seine. » Entré au ministère de la Marine et des Colonies en 1872, amusé, terrifié devant la médiocrité des chefs de service, la débilité physique des employés, Maupassant s'échappe aux bords de Seine. Il fait des armes de cinq heures à sept heures du matin, l'épée, le pistolet, du canotage, couche deux fois par semaine à Argenteuil à la belle saison. Une chambre est louée à l'auberge Poulin, près du pont de Bezons. «Toujours près de l'eau, toujours sur l'eau, toujours dans l'eau», *Sur l'eau*. C'est ainsi qu'est fondée «l'Union», au cours de l'une de ces expéditions placées sous le signe exaltant du loisir, qui réunit le groupe de joyeux camarades, tous amateurs de sexe et des plaisirs de table, amateurs de farces et de fritures : la Société des Crépitiens (du nom d'un petit dieu sonore et fripon échappé des pages de *La Tentation de saint Antoine*), la Société des Maquereaux, dont Maupassant répand gaiement les aventures : «Je viens te donner des nouvelles de la colonie d'Aspergopolis», écrit-il à Léon Fontaine en août 1873. C'est Argenteuil qu'il faut entendre ; c'est Maître Prunier qui parle. «Epistre de Maistre Joseph Prunier, canotier ès eaux de Bezons et lieux circonvoisins, au très honoré "Petit-Bleu" Roquetail-lade. » Parties de canotage, bombances et parties de plaisir : la seule règle, unique, tyrannique, est d'y être joyeux... Et l'écrivain se grise, s'imprègne des puissances de l'eau. Sur les rives humides et grasses, dans les frondaisons criblées de soleil, Maupassant lève des projets de nouvelles, comme on lève l'appât, le gibier, au rythme battant du canot... Son premier conte, *La Main d'écorché*, est publié par l'intermédiaire de Léon Fontaine en 1875 sous le pseudonyme de Joseph Prunier. Le canotier signe.

L'Union disposera au fil des jours de trois bateaux, *L'Étretat* – en souvenir des falaises, de sa plage où Maupassant a rencontré pour la première fois Pinchon et Fontaine –, *La Feuille de Rose*, *Le Frère Jan*. *La Feuille de Rose*, surtout, glisse, file sur l'eau, emportant l'inexprimable colonie, les cinq chenapans qui se laissent bercer par la rivière entre Chatou et Bougival, entre le restaurant du père Fournaise et la Grenouillère... *Chatou, Fournaise, Grenouillère* : noms de lieux, enseignes du plaisir, chacun de ces noms compose une constellation intime et captivante, sexuelle, où brille, où brûle tout particulièrement *Bougival*, comme un air de mauvais lieu excitant et canaille, qui dit la sueur et le frais, les biceps qui roulent, la pointe rousse d'une aisselle exposée à la brûlure du soleil dans le grand paysage. Maupassant en fait le mot de passe, au cœur d'un grand nombre de ses nouvelles. « Bougival – Comment ! Bougival ? Vous êtes sûr ? – Parbleu ! j'en suis », *Les Dimanches d'un bourgeois de Paris*. Bougival auquel l'admirable golfe de Bougie fait écho en Algérie, Bougival s'affirme, ponctue le texte, comme le cri lancé au milieu des parties de chasse normandes : *Bécasse. Elle y est.* Bougival : *La Femme. Elle y est.*

Mouche, Berthe, Mimi, Nini, tant d'autres, barreuses d'un été, barreuses d'un jour, connues ou anonymes – mais de *celles qui osent*, à qui « nous devons nos meilleures joies et notre plus tendre reconnaissance ». Octavie, la grande rousse que Patissot aperçoit tenant la barre, sur une yole mince et longue « que quatre rameurs pareils à des nègres faisaient filer, ainsi qu'une flèche », Octavie a vite abandonné le bourgeois pour les bras musclés d'un grand diable. L'un de ces diables aux bras, aux mains couvertes de suif pour accrocher mieux la rame, aux corps noirs et nus brûlés par le vent – Mohicans, Comanches ou Sioux –, qui suscitent les chahuts infernaux aux portes de Paris, chauffent la guinguette des banlieues, y colportant « la grande chanson bête et gaie de la vie qui s'agite au soleil »...

« Que de souvenirs s'éveillèrent brusquement en moi : Bougival, La Grenouillère, Chatou, le restaurant Fournaise, les longues journées de yole au bord des berges, dix ans de ma vie passés dans ce coin de pays, sur ce délicieux bout de rivière », *Ça Ira !* Un mot, un nom plonge aussitôt le narrateur aux temps heureux, dans ce bout de rivière, comme une géographie sensible, une province du plaisir revisitée par le souvenir. Et si les canotiers sont ici une douzaine, « à moitié nus et à moitié gris », les filles relaient la petite bande des premiers jours : « Oh ! on en avait des tours, et on en avait de si drôles. Tiens, nous étions cinq à l'atelier, quatre ordinaires et une très belle, Irma, la belle Irma. » Avec ce dernier soupir échappé d'une fille que la vie a bientôt averti de la différence entre le sérieux et le rire : «Ceux de Chatou, c'était pour le plaisir.» La phrase est belle, toute simple, odorante, chargée des années d'insouciance, de jeunesse. Pour le plaisir, les joies et les facilités du partage, ceux de Chatou, Bezons, Bougival : quatre ordinaires et un très beau, à la forte encolure : le beau Guy.

Sur l'eau de la rivière, escapades et petits voyages, le martin-pêcheur «file comme une flamme bleue», *Mouche*.

Flamme bleue illuminant les jours, les années sombres, la yole file, feuille de rose, feuille à l'envers. À travers le temps, les fatigues, les soucis, ces années douloureuses que la maladie a lentement recouvertes, exposant aux médecins, villes d'eau, cures et médications diverses, le corps souffrant de Maupassant, la trame patiente du désespoir. Jusqu'à l'été 1889 où Maupassant conduit Hervé, son frère, dans un asile de Montpellier «plein de fous sordides et affreux», puis à celui de Bron, où l'interné divague, crie, appelle au secours : «Mon pauvre Guy te rappelles-tu quand j'étais petit ?» La plainte suppliante, le gémissement d'une voix retournée à l'enfance... Hervé meurt le 13 novembre 1899 : «J'ai vu mourir Hervé. Il m'attendait. Il ne voulait pas mourir sans moi. "Mon Guy ! Mon Guy !" Il avait la même voix qu'aux "Verguies" quand il était enfant et qu'il m'appelait dans le jardin.» Deux enfants jouent insouciants et rieurs; le monde est plein de charmes; mon Guy, viens, le trésor est au fond du jardin; allons vaincre le loup.

Mais en mai 1889, Maupassant loue la villa Stieldorff à Triel. L'écrivain connaît un moment de bonheur. Comme un saut vertigineux dans le connu. Retour aux bords de Seine, avec le souvenir de la maison de Flaubert à Croisset : «J'ai trouvé ici une maison qui est un rêve de maison. Au pied d'une côte elle est construite sur une terrasse qui domine la Seine. Je vois de toutes mes fenêtres vingt kilomètres de rivière, de coteaux boisés et de verdure. J'ai un jardin plein de roses et de fraises ce qui répand dans l'air une gourmandise de parfum et en même temps de la tendresse et de l'appétit », écrit-il à Jean Bourdeau. Maupassant y retrouve une simple gaieté, franche, brutale, bien éloignée de l'esprit mondain que répandent ses belles amies, les deux sœurs, Marie Kann et Lullia Cahen d'Anvers, qui lui rendent visite. « Je me baigne et je cours dans les bois avec une joie d'animal et j'ai tout à fait oublié cette grande salope d'Exposition. » Oublier Paris, courir au bord de l'eau pour y rencontrer, y débusquer les nymphes de la rive. Estampes de la berge : le ventre des grenouilles, les nénuphars et les lys y ouvrent un album japonais dans l'attente d'une baigneuse nue.

C'est ainsi que Mouche, femme, fille, génie du lieu et créature fluette éprise de liberté, revient à la mémoire de Maupassant comme un appel d'air, une bouffée étourdissante. Quelque chose de sautillant et de léger, qui introduit « de l'air et du paysage comme dans un voyage en ballon », dont le bavardage continu entraîne le mouvement des rameurs dont elle est devenue l'indispensable mascotte. Vertige d'air, d'eau et de vent. Petite scène de l'amour heureux qui dit, comme en écho au programme de Proudhon, à celui de Charles Fourier, à tous les phalanstères, « la liberté amoureuse, la bonne chère et l'insouciance ». Le nom du bateau lui-même invite à s'allonger aussitôt sur la mousse, au pied de l'arbre, le temps, l'espace d'une étreinte qui laisse voir aux amants *la feuille à l'envers*. Le corps de Mouche n'accapare ni ne remplit l'œil comme la plupart des femmes désirées dans les nouvelles de Maupassant, dont les formes arrondies, voluptueuses, excitent immédiatement le désir, la caresse du séducteur : poupée gonflable et sexe *ready-made*... Ébauchée, faufilée, simple silhouette, tout à fait toquée et toujours un peu grise, Mouche appartient à l'espace d'un été qu'elle anime de son rire et de ses pleurs, de ses espérances naïves, jusqu'aux derniers beaux jours : « Ce fut le vingt septembre que creva son rêve. » Bulle d'air, bulle d'eau, qui permet à Maupassant de revenir à la première bande des joyeux cinq gars, jeunes et robustes, la compagnie des chauffeurs, « amants de la Terre », « avides d'apparences réelles » : Léon Fontaine, dit Petit-Bleu, Albert de Joinville, dit N'a-qu'un-Œil, Robert Pinchon, dit La Tôque, Henri Brainne, dit Tomahawk, et Guy de Maupassant, qui signe *Mouche* dans *L'Écho de Paris* comme il signait sa première nouvelle : Joseph Prunier. Le club des cinq retrouvé... Toute la séduction de *Mouche* est là, l'étonnante rumeur qui habite le texte, sa trouée de soleil : dans le souvenir de ces bords de Seine qui célèbre un Maupassant-dans-le-groupe, un Maupassant-en-bande, gagné par le charme, la séduction du multiple. À plusieurs – tous égaux dans le partage de Mouche comme dans le partage de la lumière et de l'eau.

Mouche délivre Maupassant de toutes ses terreurs, des terreurs de la paternité que son œuvre n'a cessé de décliner. Car si enfant, car si père il y a, c'est un père collectif qui débarrasse les cinq amis de l'affrontement direct avec sa descendance : une paternité toute en douceur, les responsabilités assumées par tous, l'inconscience et la joie au cœur. La yole est nacelle et berceau providentiel qui porte cinq pères sauvés des eaux. À l'éternel féminin semant la désunion, Mouche oppose le démenti d'une sexualité partageuse, bénie dans l'insouciance communautaire, la coopérative de la paternité. Comme un air de fête tendre et sauvage répandu sur la berge. L'esprit républicain restauré par la bande en plein milieu de l'Ordre moral.

Maupassant revisité par le souvenir... c'est que tout au long de ces années qui, de 1881 à 1890, couvrent sa période d'intense production, l'écrivain s'est voué à la solitude. Travailleur infatigable, solitaire et acharné, que se disputent les éditeurs, à qui rédacteurs de revues et de journaux ne cessent de réclamer de la copie. Le nom de Maupassant résonne seul. L'écrivain s'est retranché dans son œuvre. Tout groupement littéraire l'exaspère : « Il me serait fort désagréable d'écrire dans un recueil signé de plusieurs noms », écrit-il à un éditeur dès 1882. Une double signature est un mystère : « Je ne comprends pas du tout une pièce exécutée par deux collaborateurs » (à propos de l'adaptation éventuelle du *Champ d'oliviers* pour le théâtre)... Présence dévorante, toujours plus envahissante, de la solitude dans la vie de l'écrivain, avec le sentiment d'isolement qui revient, chaque année, à l'automne, la démoralisation qu'engendrent les longues nuits d'hiver sans soleil, décembre, « le mois noir, le mois sinistre, le mois profond, la minuit de l'année »... Au contact de la chaleur et du soleil, Mouche représente l'incarnation idéale et flottante d'un rêve d'écriture, de production en commun. Associer son nom à un autre ; se recréer dans le groupe ; l'impossible collectif...

Et tant pis si la fin de l'été fait avorter le rêve, l'enfant attendu. Car tel est, entre le drame et la comédie, le bonheur que gagne Maupassant, la saveur unique, délicieusement héroïque de ces simples mots, sans finesse ni détour, qui sonnent comme une promesse : « Nous t'en ferons un autre. » *Mouche* ne finit pas. À l'encontre de la plupart de ses contes et nouvelles, Maupassant resserre les liens du groupe au terme du récit. Le souvenir n'est pas fermé sur lui-même.

Tout demeure possible, s'ouvre au futur.

Introduction

L'Inutile Beauté

Associé au bonheur des heures passées aux bords de Seine, *Mouche* fait exception dans le recueil, – petit souvenir ailé illuminant les jours sombres, lié à l'insouciance de la vie communautaire. Quand, fuyant l'ennui des bureaux et des ministères, l'écrivain et ses amis sortaient les fins de semaine pour s'exercer aux activités physiques; quand, allongés, activant les rames dans leur yole, courant le soir encore la terrasse violemment éclairée des guinguettes, ils vivaient dehors toute la journée. Le corps baigné de lumière, restauré dans ses pouvoirs, dans l'exercice de ses fonctions, envahi de sensations... Tumulte, insurrection longtemps désirée, attendue chaque semaine, de bruits, d'odeurs, – avant que Maupassant ne prenne le large sur le *Bel Ami* pour les côtes italiennes, l'Afrique du Nord : Alger, Bougie, le vent et la brûlure du désert saharien, toujours plus au Sud... Sensations du *dehors* qui continuellement, amoureusement, dans la chaleur du jour, imprègnent la peau, remplissent l'œil de ces visions nouvelles que l'écrivain fixe sur la page pour en restituer l'évidence, la présence sensible. L'écrivain se laisse pénétrer, absorber par tout ce qui l'entoure, l'environne, livré aux circonstances. De cela, dans *L'Inutile Beauté*, dans le dernier recueil publié par Maupassant comme aux tout premiers jours, témoigne *Mouche*, parmi les récits de voyage et de vagabondage, d'errance sur l'eau : la saveur incomparable d'un style où la Vie ne cesse d'affluer, dans sa diversité, sa variété, écrit Stéphane Mallarmé. *Petite musique du dehors*, de sensations dont le lecteur partage aussitôt l'expérience : la trace, la vibration fugitive de la lumière dans la chaleur de l'été, la forme précisément suggérée, révélée en quelques mots, d'un visage ou d'une silhouette rencontrés, le dessin d'une côte qui se profile à l'horizon, la qualité d'une odeur diffuse dans le grand paysage.

C'est ainsi qu'apparaît dans *Les Paysans* de Balzac, pieds nus, jambes nues, poitrine nue au soleil, la simple divinité, le gardien de l'Avonne : Mouche, un enfant de douze ans, « à cheveux crépus, à figure brunie », tout le portrait d'un petit Maupassant – tout à sa ressemblance – que livre la rivière. C'est ainsi qu'en juin 1889, consacrant sa chronique de *L'Écho de Paris* à l'Exposition Universelle, Maupassant, installé à Triel, préfère évoquer le souvenir de séjours africains, les belles Ouled Naïl de Biskra, et la musique que tirent de leur flûte les bergers de Bougie : « C'était fin, doux, haché, sautillant : des sons qui volaient, qui voletaient l'un après l'autre sans se rejoindre, sans se trouver, sans s'unir jamais ; un chant qui s'évanouissait toujours, qui recommençait toujours, qui passait, qui flottait au-dessus de nous, comme un souffle de l'âme des feuilles, de l'âme des bois, de l'âme des ruisseaux, de l'âme du vent, entré avec ces deux grands bergers des montagnes kabyles, dans cette maison publique d'un faubourg de Tunis. » Vive, légère, sautillante et bizarre, la musique du fleuve passe dans un souffle. Elle restaure le ciel. Toute l'âme du dehors un instant recueillie dans une maison publique – aucune autre ne pourrait convenir. Pour un Maupassant ailé, un sexe vagabond, comme les phallus antiques qui prennent leur envol, indépendants, sensibles au frémissement de l'air, saturés de pollen.

Maupassant ouvre le chemin de Guermantes, dont le grand charme tient à la présence de la rivière, les rives de la Vivonne où s'ouvrent les boutons d'or réservés à la seule jouissance de l'œil : « aucune velléité de dégustation » ne vient altérer le pur plaisir de la vue qui s'accumule « dans leur surface dorée, jusqu'à ce qu'il devînt assez puissant pour produire de l'inutile beauté », « Combray », *Du côté de chez Swann*... Et bientôt la Vivonne, fugitive, courante, suscite le désir de se laisser emporter, de vivre libre à sa guise, en imitant le rameur, « qui, ayant lâché l'aviron, s'était couché à plat sur le dos, la tête en bas, au fond de sa barque, et la laissant flotter à la dérive, ne pouvant voir que le ciel qui filait lentement au-dessus de lui, portait sur son visage l'avant-goût du bonheur et de la paix ».

Ouvrir l'œil, flotter sur la rivière, où la nymphe des deux rives est accueillante au rameur, où simplement la vie s'écoule, file lentement, – Maupassant retrouve dans les bords de la Seine, dans le souvenir de *Mouche*, le bonheur d'un lieu, d'une adresse fugitive, à ciel ouvert.

Livrés au public presque simultanément au début de l'année 1890, *La Vie errante* et *L'Inutile Beauté* restituent ainsi, dans leurs thèmes et leur cadre narratif, ce qui fut l'équilibre, le dédoublement d'une vie partagée entre la passion du voyage et le goût, l'obsession de l'intérieur : celle de l'écrivain qui n'aura cessé durant de longues années de partager ses jours entre les croisières sur son yacht en Méditerranée et sa villa d'Étretat. Revenant aux terres grasses et habitées de Normandie, pour s'embarquer à nouveau. Alternance des éléments, *rivalité essentielle du dehors et du dedans* qui traverse l'œuvre entière, qui traverse le corps de Maupassant, alors que s'y joue peu à peu, dans un équilibre fragile et menacé, jusqu'à l'internement final, le destin de la maladie. Si l'existence vécue à ciel ouvert de *La Vie errante* délivre l'écrivain de ses angoisses, suspend momentanément le cours de la maladie en situant l'œuvre du côté du bonheur, de la lumière, c'est à travers la clôture de l'espace que le mal s'expose dans *L'Inutile Beauté*, suscitant sarcasme et désespoir, et bientôt le néant, la folie. C'est dans les limites d'une habitation, *du dedans*, que naît la scène, l'intention dramatique. Que la nouvelle tourne à la farce – mais dans le contexte, toujours, d'une infortune qui frappe le personnage, comme dans *Les Vingt-cinq francs de la Supérieure* –, qu'elle se développe sur un fond d'amertume dans *Le Masque* ou *L'Épreuve*, de violence dans *Le Champ d'oliviers*.

Demeures aristocratiques, maisons de poupées où le drame couve sous l'univers conventionnel des élégances, des bonnes manières, maisons bourgeoises ou bastides provençales, petits pavillons de banlieue, maisons de pêcheurs, maisons misérables, « toujours inachevées, criblées de fenêtres, debout entre deux terrains vagues », – la maison protège dans ses meubles, dans ses placards, un secret, une histoire que l'écrivain amène au jour. Elle défend une intimité faite de soupçons et de malentendus tragiques, couvre toutes les lâchetés, toutes les petites misères inconsolables qui forment l'horizon quotidien des couples : le manège pitoyable autour duquel tourne

sans fin, à l'enseigne de la *Maison Maupassant* et au
petit bonheur désenchanté de la littérature naturaliste,
les scènes de ménage...

« Pour adoucir notre sort de brutes, nous avons découvert et fabriqué de tout, à commencer par des maisons »,
expose longuement Roger de Salins dans la nouvelle qui
ouvre le recueil, déployant pour elles – « pour rendre à
peu près logeable ce sol de racines et de pierres » – tous
nos efforts, tout notre génie. Comme si Maupassant
reconnaissait, cherchait à renouveler dans ce passage de
la brute au civilisé qui voit les commencements de la
maison, le pacte originel qui fonde son écriture. Vouée
à l'exploration des intérieurs, à la visite des mauvais
lieux, la recherche toujours relancée, de nouvelle en
nouvelle, d'une bonne adresse !

L'œuvre de Maupassant, son premier recueil de contes
et nouvelles, s'ouvre chez Havard en 1881 avec *La
Maison Tellier*, maison sûre et prospère, bien assise à
Fécamp. Dans *Hautot père et fils*, mortellement blessé
au cours d'une partie de chasse, le père Hautot révèle
à son fils l'existence d'une maîtresse en ville, dont il
lui lègue l'adresse dans l'urgence du dernier souffle :
Caroline Donet, rue de l'Éperlan, 18, au troisième, la
seconde porte, « n'oublie pas ». Tandis que Francesca
Rondoli, l'aînée des quatre sœurs, invite Pierre Jouvenet
à la rejoindre après le passage Falcone et la traverse
Saint-Raphël, en passant par la maison du marchand
de mobilier, dans la cour au fond... Bonnes adresses
que l'on garde en mémoire, auxquelles le marchand de
mobilier fournit le nécessaire : le lit, bien sûr, si souvent
au cœur du récit, et l'ensemble des meubles, table,
chaises et bureau, tous les bibelots, convenus ou chéris,
hérités ou choisis, que la vie lentement, patiemment,
accumule. Tous les objets intimes et familiers qui parlent d'amour et de mort, tous les « vieux souvenirs ».

Et le père Auban apparaît en effet, dans *L'Inutile
Beauté*, avec son embarcation et ses filets, propriétaire
« d'une maison au pied de la côte de la Retenue »,
témoignant encore du souci, de l'obsession de l'écrivain
de situer, de localiser, à travers laquelle le récit,
désormais indélogeable, marque son point d'ancrage,
sa ruse et toute son efficacité. Mais c'est avec une sorte
de frénésie, d'obstination désespérée, que Maupassant
nous fait visiter la maison de fond en comble, Désirée
fouillant partout, sous le lit, sous les meubles, dans le

grenier, à chaque étage, répondant à l'appel du *Noyé*. Jusqu'à ce que le perroquet soit déchiré, mis en lambeaux, jusqu'à ce que ne reste plus – maison au cœur de la maison – qu'une cage vide : la cage de l'oiseau acheté rue des Juifs, devant la maison d'«un vieux capitaine, mort récemment, et dont on vendait les meubles». Le capitaine a levé l'ancre ; l'oiseau est mort ; les meubles sont dispersés... Et c'est la curiosité de voir «où gîtait ce phénomène sauteur» qui, dans *Le Masque*, engage le médecin à raccompagner le vieux danseur éreinté dans l'escalier gluant d'une maison inachevée. Lui qui, au temps de sa gloire, faisait chaque soir au logis le compte de ses succès, accablant sa femme du moindre détail, lui confiant tout, tout, jusqu'au mobilier de ses conquêtes... Le médecin s'en va, la nouvelle s'achève, un dernier mot pourtant : «– Voulez-vous tout de même me laisser votre adresse. S'il était plus malade j'irais vous chercher. » Comme s'il ne fallait pas laisser échapper l'adresse d'un bon médecin, en attendant – qui sait? – celle d'un praticien spécialiste... Ainsi l'abbé Vilbois – suivant le même itinéraire qui conduisait l'héroïne du *Rendez-vous* à abandonner le petit entresol d'un premier amant, 240 rue de Miromesnil, pour en essayer un second, situé rue de Provence – quitte sa Picardie natale, son séjour parisien, pour sa chère bastide, rose parmi les arbres, dans *Le Champ d'oliviers*, croyant y trouver refuge. Jusqu'à ce que l'apparition du vagabond – échappé un instant de la maison de correction, la prison ou le bagne – resserre soudainement, tragiquement, l'espace autour du prêtre, le condamnant, l'acculant au suicide, la gorge tranchée.

Car si en 1890 comme aux premiers jours, l'imagination entraîne Maupassant à la découverte de ces maisons, de ces multiples intérieurs, à travers la variété des milieux évoqués, avec leurs propriétaires, leurs locataires, les sans-logis qui frappent à la porte, c'est la fatalité de l'écrivain *d'habiter* toujours plus son œuvre, de se cramponner à elle, s'acharnant à écrire et à lutter encore, à livrer bataille, à mesure que la folie menace, qu'elle s'empare de son esprit, pour finalement l'expulser de son œuvre, consommer sa mort d'auteur[1].

---

1. Selon le processus qu'a mis au jour et développé Philippe Bonnefis dans *Comme Maupassant* (P.U.L., 1981).

« *Les étoffes rampaient, s'étalaient en flaques à la façon des pieuvres de la mer. Je vis paraître mon bureau, un rare bibelot du siècle dernier, et qui contenait toutes les lettres que j'ai reçues, toute l'histoire de mon cœur, une vieille histoire dont j'ai souffert. Et dedans étaient aussi des photographies.*

« *Soudain je n'eus plus peur, je m'élançai sur lui et je le saisis comme on saisit un voleur, comme on saisit une femme qui fuit ; mais il allait d'une course irrésistible, et malgré mes efforts, et malgré ma colère, je ne pus même ralentir sa marche. Comme je résistais en désespéré à cette force épouvantable, je m'abattis par terre en luttant contre lui. Alors, il me roula, me traîna sur le sable, et déjà les meubles qui le suivaient commençaient à marcher sur moi, piétinant mes jambes et les meurtrissant ; puis quand je l'eus lâché, les autres passèrent sur mon corps ainsi qu'une charge de cavalerie sur un soldat démonté.* »

La scène est capitale : féerie effroyable, réalité sinistre au centre de la dernière nouvelle du recueil. La maison de l'écrivain se vide brusquement de ses meubles, fauteuil de lecture, piano, canapé, chaises, tabourets, rejetant au jardin, telle une hémorragie fluide et soudaine, jusqu'aux moindres objets, vêtements, coupes, brosses – de ces accessoires cependant essentiels dans l'existence du viveur, du *bel ami* préoccupé par son apparence physique. Dans leur fantasia désespérante, les meubles emportent toute l'histoire personnelle de Maupassant, piétiné, lâché, abandonné de tout. Le bureau lui-même, le bureau surtout, où l'écrivain quotidiennement s'installe pour écrire, qui renferme rubans de cheveux et photographies, correspondance amoureuse, actes de propriété, quittances de loyer. C'est en vain que le narrateur s'agrippe à lui, nous donnant à voir le point ultime où, dans l'arène, Maupassant est jeté sur le sol. C'est sur une maison tragiquement vide que la porte du vestibule se referme, après que toutes les portes ont claqué violemment l'une après l'autre dans toutes les pièces. Ne subsiste dans le jardin, devant cette porte qui interdit désormais l'accès du dedans, que la solitude de l'écrivain, ainsi mis *hors là* de ses meubles, de son œuvre, lâché par son bureau, traîné *sur le sable*. Ne reste que la souffrance insupportable et nue du malade bientôt livré aux mains des médecins, incité à entreprendre des voyages sur leurs conseils. Gênes, l'Italie, la Normandie enfin, « que je ne connaissais pas ». Comme une remontée désespérée, toujours plus haut dans le souvenir, comme une tentative de réappropriation de son œuvre échappée. À partir des lieux mêmes, en tâtonnant revisités... C'était donc là le point d'ancrage, l'origine, Rouen, tout est peut-être possible encore, peut-être peut-il encore recommencer. Là, dans cette ville normande, cette « rue invraisemblable » où, au milieu des maisons de brocanteurs, des trafiquants de vieilleries, « coule une rivière noire comme de l'encre nommée "Eau de Robec" ». Détail insignifiant, comme halluciné tant il est précis, tant il semble familier, qui rappelle les instruments, tout le petit matériel posé sur le bureau de l'écrivain : ses plumes, ses carnets, la marque de l'encre qu'il eût employée ; qui rappelle douloureusement au malade son activité brisée, sa maison, son cabinet de travail... Mais dans l'absence du bureau qui manque encore, le mobilier revient sous forme de brocantes, volées, entassées. N'est-ce pas son œuvre elle-même que l'écrivain retrouve devant lui, – inutiles beautés ?...

Du « vieux tabernacle en bois doré », Dieu a déménagé. La cage du perroquet est vide. La maison sans propriétaire, l'auteur disparu, aux dernières pages de son dernier recueil Maupassant laisse le narrateur démuni, privé des objets qui lui sont chers, réduit à l'anonymat d'une maison de santé.

Pourtant « cet œil, cette voix, ce visage, je les connaissais. Mais d'où, de quand ? ». Question jetée, lancée parmi tant d'autres, insistantes, obsédantes, qui traversent *L'Inutile Beauté*, l'interrogation est dans *L'Infirme* le départ, l'origine d'une remontée progressive dans le souvenir, – quand le souvenir dissimule lui-même un passé plus ancien, enfoui dans la mémoire. « Cette aventure m'est arrivée vers 1882. Je venais de m'installer dans le coin du wagon vide »... Ainsi commence la nouvelle alors qu'un passager, infirme, vient d'entrer, tandis que s'insinue progressivement dans l'esprit du voyageur le sentiment grandissant du *déjà vu* : l'impression vague d'avoir déjà rencontré quelque part le visage de l'inconnu qui lui fait face : « Cela datait de loin, de très loin, c'était perdu dans cette brume où l'esprit semble chercher à tâtons les souvenirs et les poursuit, comme des fantômes fuyants, sans les saisir. » Histoire banale d'une idylle brisée, d'un roman sentimental tragiquement avorté par les séquelles de la guerre, et que recompose peu à peu la conversation qui s'engage, les noms qui s'échangent : « Son nom éclata dans ma tête comme un pétard qui s'allume : Mlle de Mandal. Je me rappelais tout maintenant. »

Dans la dramatisation initiale du souvenir *L'Infirme* est d'abord le récit d'une restauration visuelle du passé, d'une reconnaissance, d'une *identification progressive*. Le moment critique, le lieu d'une révélation que suscite, chez le conteur et ses personnages, ce retour de l'esprit sur lui-même, à travers la trace de l'expérience vécue, la remémoration nécessaire, entêtée, la remontée d'un passé subitement arrêté dans la nostalgie ou l'angoisse. Avec *Le Masque*, avec *L'Épreuve*, tel est encore l'argument du *Champ d'oliviers*, quand le passé brutalement resurgit, rattrape le présent après de longues années : « Ils se contemplaient fixement et l'abbé Vilbois, devant le regard de ce rôdeur, se sentait troublé, ému comme en face d'un ennemi inconnu, envahi par une de ces inquiétudes étranges qui se glissent en frissons dans la chair et le sang. » Occupant, envahissant totalement l'esprit, pour ne pouvoir plus en sortir que par la violence, – et bientôt l'effondrement dans la maladie, la déchéance mentale. Une photographie ancienne, exhumée d'une vieille enveloppe tachée, elle-même sortie de la doublure d'un vêtement usé, permettra de confondre finalement le prêtre, dévoilera sa ressemblance avec le gueux introduit dans la bastide : « Eh bien ! regardez-nous tous les deux, maintenant, votre portrait et moi ? » Car le vagabond, enfant oublié d'une lointaine liaison amoureuse, refoulée de la mémoire par le choix, l'ascèse et la pratique du sacerdoce, le vagabond se révèle être le propre fils de l'abbé : l'assassin, planté là, en face de lui, infâme et grimaçant, « comme le remords d'un crime ancien », au milieu de cette maison retrouvée du père, et soudain désertée par Dieu pour être livrée au sacrilège, à travers le sang versé. *Maison du souvenir* désormais plongée dans « la nuit profonde et muette », dont la fenêtre éclairée s'est éteinte « comme un œil fermé ».

À travers cette crispation du souvenir qui lutte contre les brumes jusqu'au moment de la révélation, le lecteur éprouve à son tour le sentiment du *déjà vu*. D'un Maupassant qui, contre les atteintes de la maladie, récapitule son œuvre ; d'un Maupassant qui se disperse lui-même dans le texte à l'épreuve du vieillissement,

– à l'image du masque, « brun comme un corbeau » dans son bon temps, gagné par les cheveux blancs, ou tel autre personnage dont les tempes blanchissent, dont la moustache frisée a perdu sa vigueur... Et dans l'inquiétant, « l'hénaurme » sarcastique brocanteur qui occupe Rouen, chauve, « très gros, gros comme un phénomène », n'est-ce pas Flaubert qu'il faut reconnaître, insaisissable, échappé dans le brouillard, très tôt enfui dans la maison des morts. Père bienveillant, ou funèbre gardien de l'œuvre au souvenir duquel Maupassant s'est trouvé condamné ? Comme un sacrifice qu'il a fallu perpétuellement, inlassablement, recommencer, jusqu'au point extrême où c'est à un démon malfaisant que Flaubert lui-même doit être identifié : éclatement, récapitulation, mise à mort. *Le Noyé* : dans les engueulades et les bordées d'injures, dans les mugissements de la tempête, tonnante à son tour, jalouse des gros mots qui roulent dans la bouche du pêcheur, c'est à qui vocifère le plus dans le texte ! Conte d'épouvante, qui livre la Patin à toutes les Furies, quand éclate dans la bouche du perroquet acheté aux enchères – autant dire : à la criée –, plus sonore et roulante que jamais, « la voix furieuse, la voix de tonnerre du noyé ». De Félicité à Désirée, mais c'est lui, le Noyé qui revient, Flaubert à la voix de tonnerre, le Maître dans tout son gueuloir, arraché, piétiné et jeté à la mer.

Car si la comtesse de Mascaret souhaite en finir avec ses années d'enfantement, ces dix, onze années de « production » auxquelles elle s'est soumise, de grossesse en grossesse, – c'est malgré lui que Maupassant voit la syphilis le condamner au silence au terme de dix années, 1881/1890, d'intense, d'extraordinaire production. Maupassant qui s'inquiète de cette maison dont la fenêtre s'éteint comme un œil qui se ferme ; Maupassant à l'écoute des bruits qui montent à l'intérieur, « ce trouble étrange de mon logis ». Émeute mystérieuse, insurrection naissante. Les meubles s'agitent comme des béquilles de bois ou de fer : pour quelle infirmité ?... *L'oreille collée contre un auvent*, c'est, tout au long du recueil, à l'écoute de son propre corps, à l'écoute du dedans, que se livre Maupassant, pour une auscultation constante, désespérée. C'est au docteur Henri Cazalis, le médecin, le confident des derniers jours, impuissant à freiner la détérioration tragique de son corps, de son esprit, que Maupassant dédie *L'Inutile Beauté*.

Si la maison *Tellier* déjà tendait ses ligatures, le drame s'est noué, dans une vraie souffrance, parmi ces contes, quelques-uns des plus beaux, – d'un Maupassant bientôt attaché sur un lit, dans une chambre vide, au terme d'un resserrement continu, fatal.

L'équilibre du dedans et du dehors n'aura pu se maintenir.

Quelques mois après la publication de *L'Inutile Beauté*, Edmond de Goncourt se retrouve avec Zola et Maupassant dans le chemin de fer de Rouen, le 23 novembre 1890, pour l'inauguration du monument Flaubert. Le temps est lamentable, « à ne pas mettre un chien dehors ».

« Je suis frappé, ce matin, de la mauvaise mine de Maupassant, du décharnement de sa figure, de son teint briqueté, du caractère *marqué*, ainsi qu'on dit au théâtre, qu'a pris sa personne, et même de la fixité maladive de son regard. Il ne me semble pas destiné à faire de vieux os. En passant sur la Seine, au moment d'arriver à Rouen, étendant la main vers le fleuve couvert de brouillard, il s'écrie : "C'est mon canotage là dedans le matin, auquel je dois ce que j'ai aujourd'hui !" » Ne retenant que la rivière malsaine, ses filles vénéneuses, l'inconfort de ses premières installations, Maupassant d'un trait renie tout le dehors.

Pour effectuer, une fois encore, à travers les brumes, la remontée du souvenir, l'instant de la révélation.

Là dedans.

Chronologie
(1850-1893)

1850. – Naissance de Guy de Maupassant, le 5 août, au château de Miromesnil.

1856. – Naissance d'Hervé de Maupassant, frère de Guy.

1860-1868. – Séparée de Gustave de Maupassant, époux volage, père toujours absent, Laure de Maupassant vit à Étretat avec ses deux enfants, dans la maison qu'a fait construire son mari, en 1858, « Les Verguies ».

Dédaignant son père, Gustave de Maupassant, au bénéfice de Gustave Flaubert ; courant des bords de Seine à son bureau du ministère ; toujours entre la Normandie et Cannes ; fort et vigoureux, mais miné très tôt par la maladie ; écrivain de la clarté occupé à préserver ses yeux malades : toutes les biographies de Maupassant présentent simultanément les deux bords d'une vie, le passage, la course d'un bord à l'autre.

Élève au séminaire d'Yvetot, Guy se plaint de ce « couvent triste, où règnent les curés, l'hypocrisie, l'ennui, etc., et d'où s'exhale une odeur de soutane qui se répand dans toute la ville d'Yvetot et qu'on garde encore malgré soi les premiers jours de vacances » (lettre à Louis Le Poittevin, avril 1868). Les vacances au bord de la mer le délivrent. À Étretat, le jeune homme embrasse d'un même coup d'œil le frémissement de l'air et le frisson des belles baigneuses qui entrent dans l'eau...

C'est, semble-t-il, en 1867 que Maupassant sauve de la noyade Swinburne, « l'Anglais d'Étretat », qui, avec son singe, ses ossements et sa main d'écorché, l'introduit dans un univers étrange, à l'ombre du marquis de Sade.

L'été 1867 marque la première rencontre de Flaubert à Croisset.

1868-1869. – Interne au lycée de Rouen, après avoir été chassé de l'Institution d'Yvetot – « pour irréligion et scandales divers » –, Maupassant retrouve chaque dimanche Louis Bouilhet et Gustave Flaubert. Celui-ci devient très vite le confident, le maître et ami, le correcteur des premiers textes. Maupassant lui fait part de ses ambitions, bientôt il lui racontera toutes ses prouesses.

La mère de Maupassant, cependant, rumine les années mortes, multiplie les lettres plaintives à Flaubert, dans le souvenir, dans la commémoration de son frère, Alfred Le Poittevin, ami cher, ami intime de Flaubert, mort en 1848 : « Tu as évoqué pour moi les communs souvenirs de nos jeunes années, et j'ai revu cette maison de la grande rue, peuplée d'hôtes bien-aimés, que le tombeau a pris presque tous. » Enfoncée dans le passé, dans l'entêtement des jours anciens, dont le jeune Guy devient le gage, parmi les engourdissements narcotiques de l'hiver, du vieillissement et de la solitude : « Il te rappellera son oncle Alfred, auquel il ressemble sous bien des rapports, et je suis sûre que tu l'aimeras. »

Louis Bouilhet meurt le 18 juillet 1869. Maupassant éprouve à son tour, dans l'échange des vivants et des morts, l'expérience, douce, douloureuse, du « souvenir ».

1870. – Installé à Paris pour y suivre des cours à la Faculté de droit, Maupassant est mobilisé lorsque la guerre éclate, suivie de l'effondrement de Napoléon III. Horreurs de l'occupation, vanité des militaires, la défaite lui est profondément amère : « comme une odeur répandue, l'odeur de l'invasion » *(Boule de suif)*.

1872. – Maupassant entre au ministère de la Marine et des Colonies. Il connaîtra jusqu'en 1880 la vie de fonctionnaire, à la fois amusé et terrifié par la médiocrité des employés de bureau figés dans leur dignité gélatineuse : ils lui présentent le tableau d'un « milieu » caractérisé sur lequel reviendront contes et nouvelles.

1872-1877. – Maupassant mène joyeuse vie, courant du ministère aux bords de Seine, où il pratique vigoureusement le canotage en compagnie de ses amis, la belle équipe de « l'Union », la Société des Crépitiens. Le bord de l'eau s'affirme comme un bordeau à ciel ouvert. Les prouesses sexuelles se confondent avec les exploits sportifs : « Et fit Prunier, ce jour-là, moultes choses, tant estonantes, merveilleuses et superlatives prouesses es navigation, assavoir, remorqua de Bezons jusqu'à Argenteuil une tant espouvantablement grand nauf vélifère que cuyda laisser peau des mains sur avirons (deux belles putains estaient dans cette nauf vélifère) » (lettre à Léon Fontaine, en 1873).

C'est l'époque où, par l'intermédiaire de Flaubert, Maupassant fait la connaissance de Goncourt, Daudet, Zola, de tous ceux qui formeront un temps l'École naturaliste. Tel il apparaît alors, selon le témoignage de Zola : « De taille moyenne, râblé, les muscles durs, le sang sous la peau, il était alors un terrible canotier qui faisait pour son plaisir ses vingt lieues de Seine en un jour. En outre, c'était un fier mâle, il apportait des histoires de femmes stupéfiantes, des crâneries d'amour qui épanouissaient le bon Flaubert dans un rire énorme. »

19 avril 1875 et 31 mai 1877. – Maupassant, Robert Pinchon, et quelques complices représentent devant un groupe d'intimes *À la Feuille de Rose, maison turque*, pièce « absolument lubrique ».

1875-1880. – Maupassant – qui a déjà communiqué deux pièces à Flaubert, pour qu'il les recommande à l'Odéon, *Histoire du vieux temps* et *La Demande*, qui entreprend un drame historique en 1876, *La Comtesse de Rhétune* – publie en 1875 son premier conte, *La Main d'écorché*, signé Joseph Prunier. Il commence à rédiger des chroniques, des vers, d'autres contes encore. En 1877, il a fixé le plan de son roman : *Une vie*.

Il semble que c'est en 1876 que Maupassant

contracte la syphilis. Des troubles cardiaques, l'apparition d'herpès le conduisent à consulter le docteur Potain (à qui succéderont désormais, parmi beaucoup d'autres, ponctuant une vie, l'espace géographique des spécialistes à consulter, des villes d'eaux, Love, Ladreit de La Charrière, Rendu, Abadie, Fortin, Landolt, Baraduc, Gruby, Bouchard, Robin, Déjerine, Magitot, Pozzi, Lannelongue, Grancher, Daremberg, Landolt, Cazalis...). En 1877, le traitement ioduro-mercuriel qu'on lui ordonne montre que la maladie a été reconnue : « J'ai la vérole ! enfin ! la vraie ! » écrit Maupassant à Robert Pinchon, le 21 mars. Douleurs d'estomac, migraines, chute des cheveux : un premier certificat médical permet à l'employé du ministère de la Marine d'aller « faire usage des eaux de Louèche ». L'année suivante, cependant, les médecins changeront de diagnostic, abandonnant l'hypothèse syphilis, livrant Maupassant à l'errance.

Aux moments d'intense activité succèdent des périodes de dépression. Le côté « farce » de l'existence se superpose au sentiment de sa monotonie : « C'est décembre qui me terrifie, le mois noir, le mois sinistre, le mois profond, la minuit de l'année » (lettre à sa mère, octobre 1875). Les lettres à Flaubert, si gaillardes, expriment souvent la plus profonde démoralisation : « Je ne vous écrivais point, mon cher Maître, parce que je suis complètement démoli moralement. Depuis trois semaines j'essaie à travailler tous les soirs sans avoir pu écrire une page propre. Rien, rien. » À Paul Alexis, en janvier 1877 : « Je ne discute jamais littérature, ni principes, parce que je crois cela parfaitement inutile. »

1880. – Le 1er février, Flaubert consacre la naissance de Maupassant Écrivain, ayant lu *Boule de Suif* qu'il considère comme un chef-d'œuvre.
Maupassant, poursuivi pour outrage aux bonnes mœurs pour la publication d'*Une fille*, poème érotique, obtient un non-lieu grâce à une lettre ouverte de Flaubert publiée dans *Le Gaulois*.
Les Soirées de Médan paraît en avril.

Le 8 mai, la mort de Flaubert l'affecte profondément. Maupassant est « seul » désormais, héritier du solitaire de Croisset, conservateur de sa mémoire. Il n'a plus d'autre destinataire que le Public, foule anonyme grossissante, somme d'appétits qu'il entreprend de satisfaire.

Il obtient un congé du ministère, pour névroses persistantes, troubles cardiaques et « paralysie de l'accommodation de l'œil droit ». Il n'y reviendra plus.

1881. – Publication en mai de *La Maison Tellier*, nouveau chef-d'œuvre qui fonde solidement, maison prospère et sûre, ce qu'on pourrait appeler *la Maison Maupassant, Contes et Nouvelles, comptoirs à Paris, en Normandie, sur la Méditerranée...* Le livre marque la rencontre de deux mondes : celui des maisons closes que Maupassant fréquentera toujours, et les bords de la Seine où il continue de se promener « en costume de canotier pour montrer [s]es bras ». L'écrivain de la clarté est occupé à soigner ses yeux malades. Il s'étudie, il s'observe. « T'épate pas si ce n'est pas mon écriture. J'ai un œil qui dit Zola à l'autre, de sorte que je suis obligé de les laisser aux cabinets tous les deux » (lettre à R. Pinchon).

Reportage en Algérie pour *Le Gaulois*. Maupassant y retournera souvent, cherchant, en Italie et en Algérie, dans les terres du Sud, un gîte chaud, où apaiser ses souffrances, physiques et morales.

1882-1889. – Maupassant ne cesse plus d'écrire. Les recueils se multiplient, les romans se succèdent : *Mademoiselle Fifi* (1882) ; *Une vie, Les Contes de la Bécasse, Clair de lune* (1883) ; *Au soleil, Miss Harriet, Les Sœurs Rondoli, Yvette* (1884) ; *Bel-Ami, Contes du jour et de la nuit* (1885) ; *Toine, Monsieur Parent, La Petite Roque* (1886) ; *Mont-Oriol, Le Horla* (1887) ; *Pierre et Jean, Sur l'eau, Le Rosier de madame Husson* (1888) ; *Fort comme la mort, La Main gauche* (1889)...

La maîtrise, la diversité, la limpidité de cette écriture forcent l'admiration : « Que voulez-vous qu'on dise, écrira Jules Lemaitre, de ce conteur robuste qui conte aussi aisément que je respire, qui fait des chefs-d'œuvre comme les pommiers de son pays donnent des pommes, dont la philosophie même est nette comme une pomme. Que voulez-vous qu'on dise sinon qu'il est parfait. »

« Robuste », Maupassant ?... Son état physique, au contraire, ne cesse de s'aggraver : migraines, névralgies, insomnies, troubles oculaires, hallucinations, souffrances de l'estomac, hémorragies de l'intestin... Pendant toutes ces années Maupassant consulte les médecins, visite les villes d'eaux.

1883. – Naissance de Lucien Litzelmann (que suivront, en 1884 et 1887, deux filles), de père inconnu. Ce « père inconnu » serait peut-être Maupassant lui-même, qui n'a jamais reconnu aucun de ses enfants.

Construction d'une maison à Étretat, que Maupassant souhaite appeler « La Maison Tellier ». Ses belles voisines interviennent : ce sera « La Guillette ».

À Zola, au printemps : « Ajoutez à cela que je suis à moitié aveugle depuis six mois, que toute lecture m'est impossible et que j'écris presque à tâtons. »

1884. – Maupassant écrit à M. Bashkirtseff : « Tout m'est à peu près égal dans la vie, hommes, femmes et événements. Voilà ma vraie profession de foi ; et j'ajoute [...] que je ne tiens pas plus à moi qu'aux autres. Tout se divise en ennui, farce et misère. »

1885. – Voyage en Italie, avec H. Amic, Gervex, et G. Legrand. Dans l'article intitulé « Guy de Maupassant vers 1885 » (qu'il ne publiera que bien des années plus tard), Porto-Riche dresse un portrait : « En le regardant de près, je trouve qu'il ressemble à ses paysans. Comme eux, il me paraît à la fois misanthrope et farceur, rustique au fond, patient et madré, rêveur malgré lui et libertin, bien entendu. » Sa table de travail, cependant, est déjà couverte de « billets armoriés » : le Normand cède à la tentation de la mondanité qui le conduit, pour ainsi dire, à chasser sur les terres de Bourget, à rencontrer dans les salons mondains les belles comtesses qui inspireront *L'Inutile Beauté*.

1887. – En mai, avec la publication du *Horla*, dans la confusion pressante de l'écrivain et de son œuvre, un discours de « la folie » commence à circuler autour de Maupassant.

En juillet, voyage en ballon, dans la nacelle du *Horla*, de Paris à Heyst.

1888. – Maupassant se confie dans *Sur l'eau* : « Certes, en certains jours, j'éprouve l'horreur de ce qui est jusqu'à désirer la mort. Je sens jusqu'à la souffrance suraiguë la monotonie invariable des paysages, des figures et des pensées. » Tandis qu'au contraire, en certains autres, « je jouis de tout à la façon d'un animal. [...] Je sens frémir en moi quelque chose de toutes les espèces d'animaux, de tous les instincts, de tous les désirs confus des créatures inférieures. J'aime la terre comme elles et non comme vous, les hommes, je l'aime sans l'admirer, sans la poétiser, sans l'exalter. »

Il écrit ainsi à Mme Strauss : « Il faut sentir, tout est là, il faut sentir comme une brute pleine de nerfs qui comprend qu'elle a senti et que chaque sensation secoue comme un tremblement de terre [...]. » Où se retrouve, tendu, dramatisé à l'extrême, le thème de la brute violemment secouée.

1889. – Installation à la villa Stieldorff, de mai à juillet. Bonheur du bord de l'eau, souvenirs de Mouche, vrais instants de plaisir que traverse la douleur de savoir Hervé de plus en plus malade : il faut l'interner en août à l'hôpital de Bron (près de Lyon).

L'internement d'Hervé, puis sa mort en novembre, sont comme le reflet sinistre de ce qui attend Maupassant lui-même. Sa santé s'est, en effet, complètement, définitivement détériorée.

1890. – Après avoir hésité sur le titre, Maupassant publie en avril, chez Havard, *L'Inutile Beauté*, son dernier recueil. Il considère la nouvelle-titre comme « la nouvelle la plus rare que j'aie jamais faite ».

« Le travail m'est absolument impossible. Dès que j'ai écrit dix lignes je ne sais plus du tout ce que je fais, ma pensée fuit comme l'eau d'une écumoire » (lettre à sa mère, au mois d'août).

Cure à Plombières... Voyage en Algérie... C'est en vain.

1891. – Lettre à Henri Cazalis, en janvier : « Je vous assure que je perds la tête. Je deviens fou. J'ai passé la soirée d'hier chez la princesse Mathilde, cherchant mes mots, ne pouvant plus parler, perdant la mémoire de tout. »

La paralysie menace. Le soleil est bien loin. Maupassant est pris dans les glaces, cherchant désespérément à faire de son logis une « serre chaude » : « Beau soleil, mais les lacs du Bois de Boulogne sont encore terriblement gelés », écrit-il à sa mère en février.

« Mon état de détresse mentale, cette impossibilité de me servir de mes yeux, et un malaise physique de cause inconnue font de moi un martyr » (lettre à H. Cazalis, en mars).

Lettre à Mme Albert Cahen d'Anvers, en décembre : « Je serai mort dans quelques jours. »

1892. – Dans la nuit du 1er janvier, Maupassant tente de se suicider. Il est interné dans la maison de santé du docteur Blanche.

1893. – Maupassant meurt le 6 juillet.

Sur l'eau de la rivière, dans les petits matins gagnés par la lumière, le martin-pêcheur filait « comme une flamme bleue ».

Note sur la présente édition

La nouvelle intitulée « L'Inutile Beauté » parut au mois d'avril 1890 en feuilleton dans *L'Écho de Paris*. Simultanément Maupassant publie le recueil chez Havard. Comme à son habitude, pour former ce nouveau recueil, l'écrivain a rassemblé contes et nouvelles publiés précédemment dans les journaux : *L'Écho de Paris*, *Le Gaulois*, *Le Figaro* ou *Gil Blas* (on trouvera dans les Notes les dates de ces premières publications). Ainsi, par exemple, « Le Champ d'oliviers » a-t-il été publié dans *Le Figaro* en février 1890 et « Mouche » dans *L'Écho de Paris*, le même mois, alors qu'« Un portrait » et « Les Vingt-cinq francs de la Supérieure », remontent à l'année 1888. Si le lecteur de Maupassant doit retrouver la diversité des thèmes et des milieux, l'alternance des tons, de la verve railleuse à la note tragique, du conte normand au texte fantastique, qui caractérisent chacun de ses recueils, « L'Inutile Beauté » témoigne cependant, plus qu'aucun autre (*cf.* notre Introduction) de la souffrance de l'écrivain, des épreuves traversées.

La correspondance de Maupassant avec Victor Havard montre son hésitation entre « Le Champ d'oliviers » et « L'Inutile Beauté » pour ouvrir et titrer le livre. Le titre des nouvelles lui-même a posé problème : qu'il s'agisse de « L'Inutile Beauté », d'abord intitulé « Lequel ? » ; qu'il s'agisse du « Champ d'oliviers », d'abord intitulé « L'Abbé Vilbois » ; Maupassant repoussant la proposition de Havard qui suggère « Pères et maris ». L'ordre des contes enfin fut modifié pour permettre à « Qui sait ? » d'assurer la clôture. Le dernier titre, le dernier mot ?... S'il publie encore quelques nouvelles dans les journaux, *L'Inutile Beauté* est en effet le dernier des recueils de contes et nouvelles publié du vivant de Maupassant. Chez le même éditeur qui avait, en 1881, publié le premier, *La Maison Tellier*.

C'est le texte de l'édition Havard que nous reproduisons ici.

Mouche

L'Inutile Beauté

À Henry Cazalis [1]

1. La correspondance de Maupassant avec le docteur Henry Cazalis (connu en littérature sous le pseudonyme de Jean Lahor) témoigne des relations profondes de confiance et d'amitié qui unissaient les deux hommes. En particulier dans les toutes dernières années de l'écrivain, quand Maupassant, de plus en plus meurtri par la maladie, cherche auprès de Cazalis conseils et réconfort.

L'INUTILE BEAUTÉ[1]

I

La victoria[2] fort élégante, attelée de deux superbes chevaux noirs, attendait devant le perron de l'hôtel. C'était à la fin de juin, vers cinq heures et demie[3], et, entre les toits qui enfermaient la cour d'honneur, le ciel apparaissait plein de clarté, de chaleur, de gaieté.

La comtesse de Mascaret se montra sur le perron juste au moment où son mari, qui rentrait, arrivait sous la porte cochère. Il s'arrêta quelques secondes pour regarder sa femme, et il pâlit un peu. Elle était fort belle, svelte, distinguée avec sa longue figure ovale, son teint d'ivoire doré, ses grands yeux gris et ses cheveux noirs ; et elle monta dans sa chambre sans le regarder, sans paraître même l'avoir aperçu, avec une allure si particulièrement racée, que l'infâme jalousie dont il était depuis si longtemps dévoré, le mordit au cœur de nouveau. Il s'approcha, et la saluant :

« Vous allez vous promener ? » dit-il.

Elle laissa passer quatre mots entre ses lèvres dédaigneuses :

« Vous le voyez bien !

---

1. Publié en feuilleton dans *L'Écho de Paris* en avril 1890.
2. D'origine anglaise, le mot désigne une voiture découverte à quatre roues.
3. On sait ce que Paul Valéry pense des comtesses et marquises qui « sortent à cinq heures ». Sur le plan de la situation romanesque, du mouvement narratif, il y a en effet quelque chose de fort « convenu » dans les premières lignes de la nouvelle. L'art de Maupassant appelle ici ces conventions, ces élégances, ces mondanités – sur le fond desquelles s'élèvera bientôt toute la violence de Roger de Salins.

– Au bois ?

– C'est probable.

– Me serait-il permis de vous accompagner ?

– La voiture est à vous. »

Sans s'étonner du ton dont elle lui répondait, il monta et s'assit à côté de sa femme, puis il ordonna : « Au bois[1]. »

Le valet de pied[2] sauta sur le siège auprès du cocher ; et les chevaux, selon leur habitude, piaffèrent en saluant de la tête jusqu'à ce qu'ils eussent tourné dans la rue.

Les deux époux demeuraient côte à côte sans se parler. Il cherchait comment entamer l'entretien, mais elle gardait un visage si obstinément dur qu'il n'osait pas.

À la fin, il glissa sournoisement sa main vers la main gantée de la comtesse et la toucha comme par hasard, mais le geste qu'elle fit en retirant son bras fut si vif et si plein de dégoût qu'il demeura anxieux, malgré ses habitudes d'autorité et de despotisme.

Alors il murmura :

« Gabrielle ! »

Elle demanda, sans tourner la tête :

« Que voulez-vous ?

– Je vous trouve adorable. »

Elle ne répondit rien, et demeurait étendue dans sa voiture avec un air de reine irritée.

Ils montaient maintenant les Champs-Élysées, vers l'Arc de Triomphe de l'Étoile. L'immense monument, au bout de la longue avenue, ouvrait dans un ciel rouge son arche colossale. Le soleil semblait descendre sur lui en semant par l'horizon une poussière de feu.

Et le fleuve des voitures, éclaboussées de reflets

---

1. Aller au Bois de Boulogne, en revenir, en empruntant les Champs-Élysées : telle est la promenade obligée dans la littérature romanesque. Flaubert l'atteste à sa manière, avec toute l'ironie de *L'Éducation sentimentale* quand la berline de Frédéric et Rosanette s'élance vers les Champs-Élysées « au milieu des autres voitures, calèches, briskas, wurts, tandems, tilburys, dog-carts, tapissières à rideaux de cuir », mais aussi demi-fortune, victorias, coupés à siège de drap et steppers magnifiques. Tout y passe. Panneaux armoriés, harnais humides, et la croupe fumante des chevaux dans le soleil couchant sur l'Arc de Triomphe.

2. Valet de pied : domestique en livrée.

sur les cuivres, sur les argentures[1] et les cristaux des harnais et des lanternes, laissait couler un double courant vers le bois et vers la ville.

Le comte de Mascaret reprit :

« Ma chère Gabrielle. »

Alors, n'y tenant plus, elle répliqua d'une voix exaspérée :

« Oh ! laissez-moi tranquille, je vous prie. Je n'ai même plus la liberté d'être seule dans ma voiture, à présent. »

Il simula n'avoir point écouté, et continua :

« Vous n'avez jamais été aussi jolie qu'aujourd'hui. »

Elle était certainement à bout de patience et elle répliqua avec une colère qui ne se contenait point :

« Vous avez tort de vous en apercevoir, car je vous jure bien que je ne serai plus jamais à vous. »

Certes, il fut stupéfait et bouleversé, et, ses habitudes de violence reprenant le dessus, il jeta un : « Qu'est-ce à dire ? » qui révélait plus le maître brutal que l'homme amoureux.

Elle répéta, à voix basse, bien que leurs gens ne pussent rien entendre dans l'assourdissant ronflement des roues :

« Ah ! qu'est-ce à dire ? qu'est-ce à dire ? Je vous retrouve donc ! Vous voulez que je vous le dise ? »

– Oui.

– Que je vous dise tout ?

– Oui.

– Tout ce que j'ai sur le cœur depuis que je suis la victime de votre féroce égoïsme ? »

Il était devenu rouge d'étonnement et d'irritation. Il grogna, les dents serrées :

« Oui, dites ! »

C'était un homme de haute taille, à larges épaules, à grande barbe rousse, un bel homme, un gentil-homme, un homme du monde qui passait pour un mari parfait et pour un père excellent[2].

_____

1. L'argenture est une légère couche d'argent appliquée, plaquée sur le métal ou le verre pour lui donner le brillant et l'éclat.

2. Le comte « passe pour » un bon mari : Mascaret dit ainsi la mascarade, les images de façade auxquelles s'est sacrifiée la comtesse, derrière lesquelles le couple à présent se déchire.

Pour la première fois depuis leur sortie de l'hôtel elle se retourna vers lui et le regarda bien en face :

« Ah ! vous allez entendre des choses désagréables, mais sachez que je suis prête à tout, que je braverai tout, que je ne crains rien, et vous aujourd'hui moins que personne. »

Il la regardait aussi dans les yeux, et une rage déjà le secouait. Il murmura :

« Vous êtes folle !

— Non, mais je ne veux plus être la victime de l'odieux supplice de maternité que vous m'imposez depuis onze ans ! je veux vivre enfin en femme du monde, comme j'en ai le droit, comme toutes les femmes en ont le droit. »

Redevenant pâle tout à coup, il balbutia :

« Je ne comprends pas.

— Si, vous comprenez. Il y a maintenant trois mois que j'ai accouché de mon dernier enfant, et comme je suis encore très belle, et, malgré vos efforts, presque indéformable, ainsi que vous venez de le reconnaître en m'apercevant sur votre perron, vous trouvez qu'il est temps que je redevienne enceinte.

— Mais vous déraisonnez !

— Non. J'ai trente ans et sept enfants, et nous sommes mariés depuis onze ans, et vous espérez que cela continuera encore dix ans, après quoi vous cesserez d'être jaloux. »

Il lui saisit le bras et l'étreignant :

« Je ne vous permettrai pas de me parler plus longtemps ainsi.

— Et moi, je vous parlerai jusqu'au bout, jusqu'à ce que j'aie fini tout ce que j'ai à vous dire, et si vous essayez de m'en empêcher, j'élèverai la voix de façon à être entendue par les deux domestiques qui sont sur le siège. Je ne vous ai laissé monter ici que pour cela, car j'ai ces témoins qui vous forceront à m'écouter et à vous contenir. Écoutez-moi. Vous m'avez toujours été antipathique et je vous l'ai toujours laissé voir, car je n'ai jamais menti, monsieur. Vous m'avez épousée malgré moi, vous avez forcé mes parents qui étaient gênés à me donner à vous, parce que vous êtes très riche. Ils m'y ont contrainte, en me faisant pleurer.

« Vous m'avez donc achetée, et dès que j'ai été en votre pouvoir, dès que j'ai commencé à devenir pour vous une compagne prête à s'attacher, à oublier vos procédés d'intimidation et de coercition[1] pour me souvenir seulement que je devais être une femme dévouée et vous aimer autant qu'il m'était possible de le faire, vous êtes devenu jaloux, vous, comme aucun homme ne l'a jamais été, d'une jalousie d'espion, basse, ignoble, dégradante pour vous, insultante pour moi. Je n'étais pas mariée depuis huit mois que vous m'avez soupçonnée de toutes les perfidies. Vous me l'avez même laissé entendre. Quelle honte ! Et comme vous ne pouviez pas m'empêcher d'être belle et de plaire, d'être appelée dans les salons et aussi dans les journaux une des plus jolies femmes de Paris, vous avez cherché ce que vous pourriez imaginer pour écarter de moi les galanteries, et vous avez eu cette idée abominable de me faire passer ma vie dans une perpétuelle grossesse, jusqu'au moment où je dégoûterais tous les hommes. Oh ! ne niez pas ! Je n'ai point compris pendant longtemps, puis j'ai deviné. Vous vous en êtes vanté même à votre sœur, qui me l'a dit, car elle m'aime et elle a été révoltée de votre grossièreté de rustre.

« Ah ! rappelez-vous nos luttes, les portes brisées, les serrures forcées ! À quelle existence vous m'avez condamnée depuis onze ans, une existence de jument poulinière enfermée dans un haras. Puis, dès que j'étais grosse, vous vous dégoûtiez aussi de moi, vous, et je ne vous voyais plus durant des mois. On m'envoyait à la campagne, dans le château de la famille, au vert, au pré, faire mon petit. Et quand je reparaissais, fraîche et belle, indestructible, toujours séduisante et toujours entourée d'hommages, espérant enfin que j'allais vivre un peu comme une jeune femme riche qui appartient au monde, la jalousie vous reprenait, et vous recommenciez à me poursuivre de l'infâme et haineux désir dont vous souffrez en ce moment, à mon côté. Et ce n'est

---

1. Coercition : une contrainte exercée contre quelqu'un, pour entraver sa liberté.

pas le désir de me posséder – je ne me serais jamais refusée à vous – c'est le désir de me déformer.

« Il s'est de plus passé cette chose abominable et si mystérieuse que j'ai été longtemps à la pénétrer (mais je suis devenue fine à vous voir agir et penser) : vous vous êtes attaché à vos enfants de toute la sécurité qu'ils vous ont donnée pendant que je les portais dans ma taille. Vous avez fait de l'affection pour eux avec toute l'aversion que vous aviez pour moi, avec toutes vos craintes ignobles momentanément calmées et avec la joie de me voir grossir.

« Ah ! cette joie, combien de fois je l'ai sentie en vous, je l'ai rencontrée dans vos yeux, je l'ai devinée. Vos enfants, vous les aimez comme des victoires et non comme votre sang. Ce sont des victoires sur moi, sur ma jeunesse, sur ma beauté, sur mon charme, sur les compliments qu'on m'adressait, et sur ceux qu'on chuchotait autour de moi, sans me les dire. Et vous en êtes fier ; vous paradez avec eux, vous les promenez en break[1] au bois de Boulogne, sur des ânes à Montmorency. Vous les conduisez aux matinées théâtrales pour qu'on vous voie au milieu d'eux, qu'on dise "quel bon père" et qu'on le répète... »

Il lui avait pris le poignet avec une brutalité sauvage, et il le serrait si violemment qu'elle se tut, une plainte lui déchirant la gorge.

Et il lui dit tout bas :

« J'aime mes enfants, entendez-vous ! Ce que vous venez de m'avouer est honteux de la part d'une mère. Mais vous êtes à moi. Je suis le maître... votre maître... je puis exiger de vous ce que je voudrai, quand je voudrai... et j'ai la loi... pour moi[2] ! »

Il cherchait à lui écraser les doigts dans la pression de tenaille de son gros poignet musculeux. Elle, livide de douleur, s'efforçait en vain d'ôter sa main de cet étau qui la broyait ; et la souffrance la faisant haleter, des larmes lui vinrent aux yeux.

---

1. Un break est alors une voiture ouverte à quatre roues, dont le siège, pour le cocher, est très élevé.

2. Rappelons, sans entrer dans les détails de la législation qui fixe les droits et les obligations de la femme et du mari à l'intérieur du couple conjugal, qu'elle est tout à l'avantage de l'époux.

« Vous voyez bien que je suis le maître, dit-il, et le plus fort. »

Il avait un peu desserré son étreinte. Elle reprit :

« Me croyez-vous pieuse ? »

Il balbultia, surpris :

« Mais oui.

— Pensez-vous que je croie à Dieu ?

— Mais oui.

— Que je pourrais mentir en vous faisant un serment devant un autel où est enfermé le corps du Christ ?

— Non.

— Voulez-vous m'accompagner dans une église ?

— Pourquoi faire ?

— Vous le verrez bien. Voulez-vous ?

— Si vous y tenez, oui. »

Elle éleva la voix, en appelant :

« Philippe. »

Le cocher, inclinant un peu le cou, sans quitter ses chevaux des yeux, sembla tourner son oreille seule vers sa maîtresse, qui reprit :

« Allez à l'église Saint-Philippe-du-Roule[1]. »

Et la victoria, qui arrivait à la porte du bois de Boulogne, retourna vers Paris.

La femme et le mari n'échangèrent plus une parole pendant ce nouveau trajet. Puis, lorsque la voiture fut arrêtée devant l'entrée du temple, Mme de Mascaret, sautant à terre, y pénétra, suivie à quelques pas par le comte.

Elle alla, sans s'arrêter, jusqu'à la grille du chœur, et tombant à genoux contre une chaise, cacha sa figure dans ses mains et pria. Elle pria longtemps, et lui, debout derrière elle, s'aperçut enfin qu'elle pleurait. Elle pleurait sans bruit, comme pleurent les femmes dans les grands chagrins poignants. C'était, dans tout son corps, une sorte d'ondulation qui finissait par un petit sanglot, caché, étouffé sous ses doigts.

---

1. Parmi les œuvres romanesques qui font station à Saint-Philippe-du-Roule, on retiendra particulièrement une des plus belles scènes, une des plus belles stations d'*Une vieille maîtresse* de Barbey d'Aurevilly : visite à l'Église dans l'intimité, dans la persuasion des vêpres, et du soleil couchant.

Mais le comte de Mascaret jugea que la situation se prolongeait trop, et il la toucha sur l'épaule.

Ce contact la réveilla comme une brûlure. Se dressant, elle le regarda les yeux dans les yeux.

« Ce que j'ai à vous dire, le voici. Je n'ai peur de rien, vous ferez ce que vous voudrez. Vous me tuerez si cela vous plaît. Un de vos enfants n'est pas à vous, un seul. Je vous le jure devant le Dieu qui m'entend ici. C'était l'unique vengeance que j'eusse contre vous, contre votre abominable tyrannie de mâle, contre ces travaux forcés de l'engendrement auxquels vous m'avez condamnée. Qui fut mon amant ? Vous ne le saurez jamais ! Vous soupçonnerez tout le monde. Vous ne le découvrirez point. Je me suis donnée à lui sans amour et sans plaisir, uniquement pour vous tromper. Et il m'a rendue mère aussi, lui. Qui est son enfant ? Vous ne le saurez jamais. J'en ai sept, cherchez ! Cela, je comptais vous le dire plus tard, bien plus tard, car on ne s'est vengé d'un homme, en le trompant, que lorsqu'il le sait. Vous m'avez forcée à vous le confesser aujourd'hui, j'ai fini. »

Et elle s'enfuit à travers l'église, vers la porte ouverte sur la rue, s'attendant à entendre derrière elle le pas rapide de l'époux bravé, et à s'affaisser sur le pavé sous le coup d'assommoir de son poing.

Mais elle n'entendit rien, et gagna sa voiture. Elle y monta d'un saut, crispée d'angoisse, haletante de peur, et cria au cocher : « À l'hôtel ! »

Les chevaux partirent au grand trot.

II

La comtesse de Mascaret, enfermée en sa chambre, attendait l'heure du dîner comme un condamné à mort attend l'heure du supplice. Qu'allait-il faire ? Était-il rentré ? Despote, emporté, prêt à toutes les violences, qu'avait-il médité, qu'avait-il préparé, qu'avait-il résolu ? Aucun bruit dans l'hôtel, et elle regardait à tout instant les aiguilles de sa pendule.

La femme de chambre était venue pour la toilette crépusculaire ; puis elle était partie.

Huit heures sonnèrent, et, presque tout de suite, deux coups furent frappés à la porte.

« Entrez. »

Le maître d'hôtel parut et dit :

« Madame la comtesse est servie.

– Le comte est rentré ?

– Oui, madame la comtesse, M. le comte est dans la salle à manger. »

Elle eut, pendant quelques secondes, la pensée de s'armer d'un petit revolver qu'elle avait acheté quelque temps auparavant, en prévision du drame qui se préparait dans son cœur. Mais elle songea que tous les enfants seraient là ; et elle ne prit rien, qu'un flacon de sels.

Lorsqu'elle entra dans la salle, son mari, debout près de son siège, attendait. Ils échangèrent un léger salut et s'assirent. Alors, les enfants, à leur tour, prirent place. Les trois fils, avec leur précepteur, l'abbé Marin, étaient à la droite de la mère ; les trois filles, avec la gouvernante anglaise, Mlle Smith, étaient à gauche. Le dernier enfant, âgé de trois mois, restait seul à la chambre avec sa nourrice[1].

Les trois filles, toutes blondes, dont l'aînée avait dix ans, vêtues de toilettes bleues ornées de petites dentelles blanches, ressemblaient à d'exquises poupées. La plus jeune n'avait pas trois ans. Toutes, jolies déjà, promettaient de devenir belles comme leur mère.

Les trois fils, deux châtains, et l'aîné, âgé de neuf ans, déjà brun, semblaient annoncer des hommes vigoureux, de grande taille, aux larges épaules. La famille entière semblait bien du même sang, fort et vivace.

---

1. Distribution par trop rigoureuse – qui accuse aussitôt la part des conventions mondaines (la part du vide) dans la description de la Maison Mascaret (abbé Marin, Mlle Smith !...), et l'indifférence de Maupassant à l'égard des enfants de la comtesse : trois filles/trois garçons/le bébé de trois mois : ils ne valent que comme collectivité travaillée par la question qui hante désormais le père de famille : lequel ?

C'est aussi façon de solliciter secrètement les structures prégnantes du conte populaire : Blanche Neige et les sept nains pour la Comtesse ; Barbe-Bleue, Barbe-Rousse pour son mari, qui doit beaucoup à la figure de l'Ogre.

L'abbé prononça le bénédicité[1] selon l'usage, lorsque personne n'était invité, car en présence des étrangers, les enfants ne venaient point à la table. Puis on se mit à dîner.

La comtesse, étreinte d'une émotion qu'elle n'avait point prévue, demeurait les yeux baissés, tandis que le comte examinait tantôt les trois garçons et tantôt les trois filles, avec des yeux incertains qui allaient d'une tête à l'autre, troublés d'angoisse. Tout à coup, en reposant devant lui son verre à pied, il le cassa, et l'eau rougie se répandit sur la nappe. Au léger bruit que fit ce léger accident la comtesse eut un soubresaut qui la souleva sur sa chaise. Pour la première fois ils se regardèrent. Alors, de moment en moment, malgré eux, malgré la crispation de leur chair et de leur cœur, dont les bouleversait chaque rencontre de leurs prunelles, ils ne cessaient plus de les croiser comme des canons de pistolet.

L'abbé, sentant qu'une gêne existait dont il ne devinait pas la cause, essaya de semer une conversation. Il égrenait des sujets sans que ses inutiles tentatives fissent éclore une idée, fissent naître une parole.

La comtesse, par tact féminin, obéissant à ses instincts de femme du monde, essaya deux ou trois fois de lui répondre : mais en vain. Elle ne trouvait point ses mots dans la déroute de son esprit ; et sa voix lui faisait presque peur dans le silence de la grande pièce où sonnaient seulement les petits heurts de l'argenterie et des assiettes.

Soudain son mari, se penchant en avant, lui dit :

« En ce lieu, au milieu de vos enfants, me jurez-vous la sincérité de ce que vous m'avez affirmé tantôt ? »

La haine fermentée dans ses veines la souleva soudain, et répondant à cette demande avec la même énergie qu'elle répondait à son regard, elle leva ses deux mains, la droite vers les fronts de ses fils, la gauche vers les fronts de ses filles, et d'un accent ferme, résolu, sans défaillance :

---

1. Le bénédicité, la prière prononcée avant le repas, pour le bénir.

« Sur la tête de mes enfants, je jure que je vous ai dit la vérité. »

Il se leva, et, avec un geste exaspéré ayant lancé sa serviette sur la table, il se retourna en jetant sa chaise contre le mur, puis sortit sans ajouter un mot.

Mais elle, alors, poussant un grand soupir, comme après une première victoire, reprit d'une voix calmée :

« Ne faites pas attention, mes chéris, votre papa a éprouvé un gros chagrin tantôt. Et il a encore beaucoup de peine. Dans quelques jours il n'y paraîtra plus. »

Alors elle causa avec l'abbé ; elle causa avec Mlle Smith ; elle eut pour tous ses enfants des paroles tendres, des gentillesses, de ces douces gâteries de mère qui dilatent les petits cœurs.

Quand le dîner fut fini, elle passa au salon avec toute sa maisonnée. Elle fit bavarder les aînés, conta des histoires aux derniers, et, lorsque fut venue l'heure du coucher général, elle les baisa très longuement, puis, les ayant envoyés dormir, elle rentra seule dans sa chambre.

Elle attendit, car elle ne doutait pas qu'il viendrait. Alors, ses enfants étant loin d'elle, elle se décida à défendre sa peau d'être humain comme elle avait défendu sa vie de femme du monde ; et elle cacha, dans la poche de sa robe, le petit revolver chargé qu'elle avait acheté quelques jours plus tôt.

Les heures passaient, les heures sonnaient. Tous les bruits de l'hôtel s'éteignirent. Seuls les fiacres continuèrent dans les rues leur roulement vague, doux et lointain, à travers les tentures des murs.

Elle attendait, énergique et nerveuse, sans peur de lui maintenant, prête à tout et presque triomphante, car elle avait trouvé pour lui un supplice de tous les instants et de toute la vie.

Mais les premières lueurs du jour glissèrent entre les franges du bas de ses rideaux, sans qu'il fût entré chez elle. Alors elle comprit, stupéfaite, qu'il ne viendrait pas. Ayant fermé sa porte à clef et poussé le verrou de sûreté qu'elle y avait fait appliquer, elle se mit au lit enfin et y demeura, les yeux ouverts, méditant, ne comprenant plus, ne devinant pas ce qu'il allait faire.

Sa femme de chambre, en lui apportant le thé, lui remit une lettre de son mari. Il lui annonçait qu'il entreprenait un voyage assez long, et la prévenait, en _post-scriptum_, que son notaire lui fournirait les sommes nécessaires à toutes ses dépenses.

III

C'était à l'Opéra, pendant un entr'acte de _Robert le Diable_[1]. Dans l'orchestre, les hommes debout, le chapeau sur la tête, le gilet largement ouvert sur la chemise blanche où brillaient l'or et les pierres des boutons, regardaient les loges pleines de femmes décolletées, diamantées, emperlées, épanouies dans cette serre illuminée où la beauté des visages et l'éclat des épaules semblaient fleurir pour les regards au milieu de la musique et des voix humaines.

Deux amis, le dos tourné à l'orchestre, lorgnaient, en causant, toute cette galerie d'élégance, toute cette exposition de grâce vraie ou fausse, de bijoux, de luxe et de prétention qui s'étalait en cercle autour du grand théâtre.

Un d'eux, Roger de Salins, dit à son compagnon Bernard Grandin :

« Regarde donc la comtesse de Mascaret comme elle est toujours belle. »

L'autre, à son tour, lorgna, dans une loge de face, une grande femme qui paraissait encore très jeune, et dont l'éclatante beauté semblait appeler les yeux de tous les coins de la salle. Son teint pâle, aux reflets d'ivoire, lui donnait un air de statue, tandis qu'en ses cheveux noirs comme une nuit, un mince diadème en arc-en-ciel, poudré de diamants, brillait ainsi qu'une voie lactée[2].

---

1. Opéra de Scribe et Delavigne, musique de Meyerbeer.
2. L'exposition de la beauté féminine réclame la féerie, le comble du luxe et de la séduction, les tentures et les ors – en un mot : le lustre de l'Opéra. Toute la littérature du XIXᵉ siècle, de Balzac à Villiers de L'Isle-Adam, de Baudelaire à Jean Lorrain, exalte le moment où dans le cadre qui lui convient le mieux, parée de mille feux, la femme apparaît

Quand il l'eut regardée quelque temps, Bernard Grandin répondit avec un accent badin de conviction sincère :

« Je te crois qu'elle est belle !

– Quel âge peut-elle avoir maintenant ?

– Attends. Je vais te dire ça exactement. Je la connais depuis son enfance. Je l'ai vue débuter dans le monde comme jeune fille. Elle a... elle a... trente... trente... trente-six ans.

– Ce n'est pas possible ?

– J'en suis sûr.

– Elle en porte vingt-cinq.

– Et elle a eu sept enfants.

– C'est incroyable.

– Ils vivent même tous les sept, et c'est une fort bonne mère. Je vais un peu dans la maison qui est très agréable, très calme, très saine. Elle réalise le phénomène de la famille dans le monde.

– Est-ce bizarre ? Et on n'a jamais rien dit d'elle ?

– Jamais.

– Mais, son mari ? Il est singulier, n'est-ce pas ?

– Oui et non. Il y a peut-être eu entre eux un petit drame, un de ces petits drames de ménage qu'on soupçonne, qu'on ne connaît jamais bien, mais qu'on devine à peu près.

– Quoi ?

– Je n'en sais rien, moi. Mascaret est grand viveur[1] aujourd'hui, après avoir été un parfait époux. Tant qu'il est resté bon mari, il a eu un affreux caractère, ombrageux et grincheux. Depuis qu'il fait la fête, il est devenu très indifférent, mais on dirait qu'il a

---

dans sa loge comme un corps saturé de prestiges, échappée à tous les embourbements de la Nature, gagnée à la cause de la fiction, élevée par l'art de la toilette et du maquillage à la dignité d'une pure, idéale séduction. L'œil se grise, s'étourdit, il s'étonne devant cette apparition, qui l'ouvre à la rêverie, qui l'initie à la découverte, enchantée, douloureuse, du Beau...

Du côté de Dieu, toutes les misères, les pesanteurs de la Nature : son manque d'imagination. Du côté du Diable, tous les artifices, toute l'ardeur flamboyante – rouge et or – des produits de la civilisation.

1. Après le Second Empire, la Troisième République a hérité sans difficulté de la figure sociale et romanesque du « viveur », du noceur parisien qui aime les plaisirs de la table associés à la présence des femmes, hante les coulisses de théâtre, anime les restaurants du boulevard.

un souci, un chagrin, un ver rongeur quelconque,
il vieillit beaucoup, lui. »

Alors, les deux amis philosophèrent quelques
minutes sur les peines secrètes, inconnaissables, que
des dissemblances de caractères, ou peut-être des
antipathies physiques, inaperçues d'abord, peuvent
faire naître dans une famille.

Roger de Salins, qui continuait à lorgner Mme de
Mascaret, reprit :

« Il est incompréhensible que cette femme-là ait
eu sept enfants ?

– Oui, en onze ans, après quoi elle a clôturé, à
trente ans, sa période de production pour entrer
dans la brillante période de représentation, qui ne
semble pas près de finir.

– Les pauvres femmes !

– Pourquoi les plains-tu ?

– Pourquoi ? Ah ! mon cher, songe donc ! Onze ans
de grossesses pour une femme comme ça ! quel
enfer ! C'est toute la jeunesse, toute la beauté, toute
l'espérance de succès, tout l'idéal poétique de vie
brillante, qu'on sacrifie à cette abominable loi de la
reproduction qui fait de la femme normale une
simple machine à pondre des êtres.

– Que veux-tu ? c'est la nature !

– Oui, mais je dis que la nature est notre ennemie,
qu'il faut toujours lutter contre la nature, car elle
nous ramène sans cesse à l'animal. Ce qu'il y a de
propre, de joli, d'élégant, d'idéal sur la terre, ce n'est
pas Dieu qui l'y a mis, c'est l'homme, c'est le cerveau
humain. C'est nous qui avons introduit dans la
création, en la chantant, en l'interprétant, en l'admi-
rant en poètes, en l'idéalisant en artistes, en l'expli-
quant en savants qui se trompent, mais qui trouvent
aux phénomènes des raisons ingénieuses, un peu de
grâce, de beauté, de charme inconnu et de mystère.
Dieu n'a créé que des êtres grossiers, pleins de
germes des maladies, qui, après quelques années
d'épanouissement bestial, vieillissent dans les infir-
mités, avec toutes les laideurs et toutes les impuis-
sances de la décrépitude humaine. Il ne les a faits,
semble-t-il, que pour se reproduire salement et pour
mourir ensuite, ainsi que les insectes éphémères des

soirs d'été. J'ai dit "pour se reproduire salement"; j'insiste. Qu'y a-t-il, en effet, de plus ignoble, de plus répugnant que cet acte ordurier et ridicule de la reproduction des êtres, contre lequel toutes les âmes délicates sont et seront éternellement révoltées ? Puisque tous les organes inventés par ce créateur économe et malveillant servent à deux fins, pourquoi n'en a-t-il pas choisi d'autres qui ne fussent point malpropres et souillés, pour leur confier cette mission sacrée, la plus noble et la plus exaltante des fonctions humaines ? La bouche, qui nourrit le corps avec des aliments matériels, répand aussi la parole et la pensée. La chair se restaure par elle, et c'est par elle, en même temps, que se communique l'idée. L'odorat, qui donne aux poumons l'air vital, donne au cerveau tous les parfums du monde : l'odeur des fleurs, des bois, des arbres, de la mer. L'oreille, qui nous fait communiquer avec nos semblables, nous a permis encore d'inventer la musique, de créer du rêve, du bonheur, de l'infini et même du plaisir physique avec des sons ! Mais on dirait que le Créateur, sournois et cynique, a voulu interdire à l'homme de jamais anoblir, embellir et idéaliser sa rencontre avec la femme. L'homme, cependant, a trouvé l'amour, ce qui n'est pas mal comme réplique au Dieu narquois, et il l'a si bien paré de poésie littéraire que la femme souvent oublie à quels contacts elle est forcée. Ceux, parmi nous, qui sont impuissants à se tromper en s'exaltant, ont inventé le vice et raffiné les débauches, ce qui est encore une manière de berner Dieu et de rendre hommage, un hommage impudique, à la beauté.

« Mais l'être normal fait des enfants ainsi qu'une bête accouplée par la loi.

« Regarde cette femme ! n'est-ce pas abominable de penser que ce bijou, que cette perle née pour être belle, admirée, fêtée et adorée, a passé onze ans de sa vie à donner des héritiers au comte de Mascaret ? »

Bernard Grandin dit en riant :

« Il y a beaucoup de vrai dans tout cela ; mais peu de gens te comprendraient. »

Salins s'animait.

« Sais-tu comment je conçois Dieu, dit-il : comme un monstrueux organe créateur inconnu de nous, qui sème par l'espace des milliards de mondes, ainsi qu'un poisson unique pondrait des œufs dans la mer. Il crée parce que c'est sa fonction de Dieu ; mais il est ignorant de ce qu'il fait, stupidement prolifique, inconscient des combinaisons de toutes sortes produites par ses germes éparpillés[1]. La pensée humaine est un heureux petit accident des hasards de ses fécondations, un accident local, passager, imprévu, condamné à disparaître avec la terre, et à recommencer peut-être ici ou ailleurs, pareil ou différent, avec les nouvelles combinaisons des éternels recommencements. Nous lui devons, à ce petit accident de l'intelligence, d'être très mal en ce monde qui n'est pas fait pour nous, qui n'avait pas été préparé pour recevoir, loger, nourrir et contenter des êtres pensants, et nous lui devons aussi d'avoir à lutter sans cesse, quand nous sommes vraiment des raffinés et des civilisés, contre ce qu'on appelle encore les desseins de la Providence. »

Grandin, qui l'écoutait avec attention, connaissant de longue date les surprises éclatantes de sa fantaisie, lui demanda :

« Alors, tu crois que la pensée humaine est un produit spontané de l'aveugle parturition divine ?

– Parbleu ! une fonction fortuite des centres nerveux de notre cerveau, pareille aux actions chimiques imprévues dues à des mélanges nouveaux, pareille aussi à une production d'électricité, créée par des frottements ou des voisinages inattendus, à tous les phénomènes enfin engendrés par les fermentations infinies et fécondes de la matière qui vit.

« Mais, mon cher, la preuve en éclate pour qui-

---

1. Cette dénonciation d'un Créateur sournois qui livre l'humanité à toutes les souffrances, à toutes les misères, cette violence contre l'ordre naturel, la mécanique « ordurière » de la reproduction, est très fréquente chez Maupassant. Elle doit beaucoup à l'influence du philosophe Schopenhauer, à la fascination/répulsion qu'éprouvent les écrivains réalistes-naturalistes devant les puissances de la génération, associées à celles de la contagion : à toutes les formes de germination. Mais l'expérience de Maupassant le confirme dans cette condamnation, dans cette duperie de l'existence humaine : il pense à son frère Hervé, à ses propres souffrances, l'effroyable accablement de l'écrivain condamné par la maladie.

conque regarde autour de soi. Si la pensée humaine, voulue par un créateur conscient, avait dû être ce qu'elle est devenue, si différente de la pensée et de la résignation animales, exigeante, chercheuse, agitée, tourmentée, est-ce que le monde créé pour recevoir l'être que nous sommes aujourd'hui aurait été cet inconfortable petit parc à bestioles, ce champ à salades, ce potager sylvestre, rocheux et sphérique où votre Providence imprévoyante nous avait destinés à vivre nus, dans les grottes ou sous les arbres, nourris de la chair massacrée des animaux, nos frères, ou des légumes crus poussés sous le soleil et les pluies ?

« Mais il suffit de réfléchir une seconde pour comprendre que ce monde n'est pas fait pour des créatures comme nous. La pensée éclose et développée par un miracle nerveux des cellules de notre tête, tout impuissante, ignorante et confuse qu'elle est et qu'elle demeurera toujours, fait de nous tous, les intellectuels, d'éternels et misérables exilés sur cette terre.

« Contemple-la, cette terre, telle que Dieu l'a donnée à ceux qui l'habitent. N'est-elle pas visiblement et uniquement disposée, plantée et boisée pour des animaux ? Qu'y a-t-il pour nous ? Rien. Et pour eux, tout : les cavernes, les arbres, les feuillages, les sources, le gîte, la nourriture et la boisson. Aussi les gens difficiles comme moi n'arrivent-ils jamais à s'y trouver bien. Ceux-là seuls qui se rapprochent de la brute[1] sont contents et satisfaits. Mais les autres, les poètes, les délicats, les rêveurs, les chercheurs, les inquiets ? Ah ! les pauvres gens !

« Je mange des choux et des carottes, sacrebleu, des oignons, des navets et des radis, parce que nous

---

1. La brute, cependant, dans la proximité avec les forces violentes de la Nature, avec ses appétits, convient aussi à Maupassant qui a souvent reconnu en lui les puissances du faune. Mais à la condition que la brute soit toujours, violemment, « secouée », – par l'émotion, la peur, le désir, le plaisir de la femme ou de l'eau. Cette secousse est la délicatesse du faune. De même que c'est à travers l'étonnante, la douloureuse violence de son discours, que Roger de Salins adhère à la cause des poètes et des rêveurs.

Échange et diversion : chez Maupassant, le canotier roulant ses biceps est un être subtil ; le mondain célébrant l'artifice est un être de sang, d'exigence, d'inquiétude.

avons été contraints de nous y accoutumer, même
d'y prendre goût, et parce qu'il ne pousse pas autre
chose, mais c'est là une nourriture de lapins et de
chèvres, comme l'herbe et le trèfle sont des nourritures de cheval et de vache. Quand je regarde les
épis d'un champ de blé mûr, je ne doute pas que
cela n'ait germé dans le sol pour des becs de moi-
neaux ou d'alouettes, mais non point pour ma
bouche. En mastiquant du pain, je vole donc les
oiseaux, comme je vole la belette et le renard en
mangeant des poules. La caille, le pigeon et la perdrix
ne sont-ils pas les proies naturelles de l'épervier ; le
mouton, le chevreuil et le bœuf, celle des grands
carnassiers, plutôt que des viandes engraissées pour
nous être servies rôties avec des truffes qui auraient
été déterrées spécialement pour nous, par les
cochons ?

« Mais, mon cher, les animaux n'ont rien à faire
pour vivre ici-bas. Ils sont chez eux, logés et nourris,
ils n'ont qu'à brouter ou à chasser et à s'entre-
manger, selon leurs instincts, car Dieu n'a jamais
prévu la douceur et les mœurs pacifiques ; il n'a
prévu que la mort des êtres acharnés à se détruire
et à se dévorer.

« Quant à nous ! Ah ! ah ! il nous en a fallu du
travail, de l'effort, de la patience, de l'invention, de
l'imagination, de l'industrie, du talent et du génie
pour rendre à peu près logeable ce sol de racines
et de pierres. Mais songe à ce que nous avons fait,
malgré la nature, contre la nature, pour nous installer d'une façon médiocre, à peine propre, à peine
confortable, à peine élégante, pas digne de nous.

« Et plus nous sommes civilisés, intelligents, raffinés, plus nous devons vaincre et dompter l'instinct
animal qui représente en nous la volonté de Dieu.

« Songe qu'il nous a fallu inventer la civilisation,
toute la civilisation, qui comprend tant de choses,
tant, tant, de toutes sortes, depuis les chaussettes
jusqu'au téléphone. Songe à tout ce que tu vois tous
les jours, à tout ce qui nous sert de toutes les façons.

« Pour adoucir notre sort de brutes, nous avons
découvert et fabriqué de tout, à commencer par des
maisons, puis des nourritures exquises, des sauces,

des bonbons, des pâtisseries, des boissons, des liqueurs, des étoffes, des vêtements, des parures, des lits, des sommiers, des voitures, des chemins de fer, des machines innombrables ; nous avons, de plus, trouvé les sciences et les arts, l'écriture et les vers. Oui, nous avons créé les arts, la poésie, la musique, la peinture. Tout l'idéal vient de nous, et aussi toute la coquetterie de la vie, la toilette des femmes et le talent des hommes qui ont fini par un peu parer à nos yeux, par rendre moins nue, moins monotone et moins dure l'existence de simples reproducteurs pour laquelle la divine Providence nous avait uniquement animés.

« Regarde ce théâtre. N'y a-t-il pas là-dedans un monde humain créé par nous, imprévu par les Destins éternels, ignoré d'Eux, compréhensible seulement par nos esprits, une distraction coquette, sensuelle, intelligente, inventée uniquement pour et par la petite bête mécontente et agitée que nous sommes ?

« Regarde cette femme, Mme de Mascaret. Dieu l'avait faite pour vivre dans une grotte, nue, ou enveloppée de peaux de bêtes. N'est-elle pas mieux ainsi ? Mais, à ce propos, sait-on pourquoi et comment sa brute de mari, ayant près de lui une compagne pareille, et surtout après avoir été assez rustre pour la rendre sept fois mère, l'a lâchée tout à coup pour courir les gueuses ? »

Grandin répondit :

« Eh ! mon cher, c'est probablement là l'unique raison. Il a fini par trouver que cela lui coûtait trop cher, de coucher toujours chez lui. Il est arrivé, par économie domestique, aux mêmes principes que tu poses en philosophe. »

On frappait les trois coups pour le dernier acte. Les deux amis se retournèrent, ôtèrent leur chapeau et s'assirent.

IV

Dans le coupé[1] qui les ramenait chez eux après la représentation de l'Opéra, le comte et la comtesse de Mascaret, assis côte à côte, se taisaient. Mais voilà que le mari, tout à coup, dit à sa femme :

« Gabrielle !

– Que voulez-vous ?

– Ne trouvez-vous pas que ça a assez duré !

– Quoi donc ?

– L'abominable supplice auquel, depuis six ans, vous me condamnez.

– Que voulez-vous, je n'y puis rien.

– Dites-moi lequel, enfin ?

– Jamais.

– Songez que je ne puis plus voir mes enfants, les sentir autour de moi, sans avoir le cœur broyé par ce doute. Dites-moi lequel, et je vous jure que je pardonnerai, que je le traiterai comme les autres.

– Je n'en ai pas le droit.

– Vous ne voyez donc pas que je ne peux plus supporter cette vie, cette pensée qui me ronge, et cette question que je me pose sans cesse, cette question qui me torture chaque fois que je les regarde. J'en deviens fou. »

Elle demanda :

« Vous avez donc beaucoup souffert ?

– Affreusement. Est-ce que j'aurais accepté, sans cela, l'horreur de vivre à votre côté, et l'horreur, plus grande encore, de sentir, de savoir parmi eux qu'il y en a un, que je ne puis connaître, et qui m'empêche d'aimer les autres ? »

Elle répéta :

« Alors, vous avez vraiment souffert beaucoup ? »

Il répondit d'une voix contenue et douloureuse :

« Mais, puisque je vous répète tous les jours que c'est pour moi un intolérable supplice. Sans cela, serais-je revenu ? serais-je demeuré dans cette

---

1. Le coupé : voiture fermée à quatre roues (étant donné ici l'heure tardive), le plus souvent à deux places.

maison, près de vous et près d'eux, si je ne les aimais pas, eux? Ah! vous vous êtes conduite avec moi d'une façon abominable. J'ai pour mes enfants la seule tendresse de mon cœur; vous le savez bien. Je suis pour eux un père des anciens temps, comme j'ai été pour vous le mari des anciennes familles, car je reste, moi, un homme d'instinct, un homme de la nature, un homme d'autrefois. Oui, je l'avoue, vous m'avez rendu jaloux atrocement, parce que vous êtes une femme d'une autre race, d'une autre âme, avec d'autres besoins. Ah! les choses que vous m'avez dites, je ne les oublierai jamais. À partir de ce jour, d'ailleurs, je ne me suis plus soucié de vous. Je ne vous ai pas tuée parce que je n'aurais plus gardé un moyen sur la terre de découvrir jamais lequel de nos... de vos enfants n'est pas à moi. J'ai attendu, mais j'ai souffert plus que vous ne sauriez croire, car je n'ose plus les aimer, sauf les deux aînés peut-être; je n'ose plus les regarder, les appeler, les embrasser; je ne peux plus en prendre un sur mes genoux sans me demander : "N'est-ce pas celui-là?" J'ai été avec vous correct et même doux et complaisant depuis six ans. Dites-moi la vérité et je vous jure que je ne ferai rien de mal. »

Dans l'ombre de la voiture, il crut deviner qu'elle était émue, et sentant qu'elle allait enfin parler.

« Je vous prie, dit-il, je vous en supplie... »

Elle murmura :

« J'ai été peut-être plus coupable que vous ne croyez. Mais je ne pouvais pas, je ne pouvais plus continuer cette vie odieuse de grossesses. Je n'avais qu'un moyen de vous chasser de mon lit. J'ai menti devant Dieu, et j'ai menti, la main levée sur la tête de mes enfants, car je ne vous ai jamais trompé. »

Il lui saisit le bras dans l'ombre, et le serrant comme il l'avait fait au jour terrible de leur promenade au bois, il balbutia :

« Est-ce vrai ?

– C'est vrai. »

Mais lui, soulevé d'angoisse, gémit :

« Ah! je vais retomber en de nouveaux doutes qui ne finiront plus! Quel jour avez-vous menti, autrefois ou aujourd'hui ? Comment vous croire à présent ?

Comment croire une femme après cela ? Je ne saurai plus jamais ce que je dois penser. J'aimerais mieux que vous m'eussiez dit : "C'est Jacques, ou c'est Jeanne." »

La voiture pénétrait dans la cour de l'hôtel. Quand elle se fut arrêtée devant le perron, le comte descendit le premier et offrit, comme toujours, le bras à sa femme pour gravir les marches.

Puis, dès qu'ils atteignirent le premier étage :

« Puis-je vous parler encore quelques instants ? » dit-il.

Elle répondit :

« Je veux bien. »

Ils entrèrent dans un petit salon, dont un valet de pied, un peu surpris, alluma les bougies.

Puis, quand ils furent seuls, il reprit :

« Comment savoir la vérité ? Je vous ai suppliée mille fois de parler, vous êtes restée muette, impénétrable, inflexible, inexorable, et voilà qu'aujourd'hui vous venez me dire que vous avez menti. Pendant six ans vous avez pu me laisser croire une chose pareille ! Non, c'est aujourd'hui que vous mentez, je ne sais pourquoi, par pitié pour moi, peut-être ? »

Elle répondit avec un air sincère et convaincu :

« Mais sans cela j'aurais eu encore quatre enfants pendant les six dernières années. »

Il s'écria :

« C'est une mère qui parle ainsi ?

– Ah ! dit-elle, je ne me sens pas du tout la mère des enfants qui ne sont pas nés, il me suffit d'être la mère de ceux que j'ai et de les aimer de tout mon cœur. Je suis, nous sommes des femmes du monde civilisé, monsieur. Nous ne sommes plus et nous refusons d'être de simples femelles qui repeuplent la terre. »

Elle se leva ; mais il lui saisit les mains.

« Un mot, un mot seulement, Gabrielle. Dites-moi la vérité. »

– Je viens de vous la dire. Je ne vous ai jamais trompé. »

Il la regardait bien en face, si belle, avec ses yeux gris comme des ciels froids. Dans sa sombre coiffure, dans cette nuit opaque des cheveux noirs luisait le diadème poudré de diamants, pareil à une voie lactée. Alors, il sentit soudain, il sentit par une sorte d'intuition que cet être-là n'était plus seulement une femme destinée à perpétuer sa race, mais le produit bizarre et mystérieux de tous nos désirs compliqués, amassés en nous par les siècles, détournés de leur but primitif et divin, errant vers une beauté mystique, entrevue et insaisissable. Elles sont ainsi quelques-unes qui fleurissent uniquement pour nos rêves, parées de tout ce que la civilisation a mis de poésie, de luxe idéal, de coquetterie et de charme esthétique autour de la femme, cette statue de chair qui avive, autant que les fièvres sensuelles, d'immatériels appétits[1].

L'époux demeurait debout devant elle, stupéfait de cette tardive et obscure découverte, touchant confusément la cause de sa jalousie ancienne, et comprenant mal tout cela.

Il dit enfin :

« Je vous crois. Je sens qu'en ce moment vous ne mentez pas ; et, autrefois en effet, il m'avait toujours semblé que vous mentiez. »

Elle lui tendit la main.

« Alors, nous sommes amis ? »

Il prit cette main et la baisa, en répondant :

« Nous sommes amis. Merci, Gabrielle. »

Puis il sortit, en la regardant toujours, émerveillé qu'elle fût encore si belle, et sentant naître en lui une émotion étrange, plus redoutable peut-être que l'antique et simple amour !

---

1. Dans sa version fantastique, douloureuse, le Horla exprimait lui aussi une aspiration « immatérielle » présente tout au long de l'œuvre de Maupassant. À travers la comtesse de Mascaret, comme une nouvelle Diane, déesse de la nuit, à travers la beauté des femmes, le réel passe à l'état de fiction, s'ouvre à la fascination, à une sensualité nouvelle.

LE CHAMP D'OLIVIERS[1]

I

Quand les hommes du port, du petit port provençal de Garandou, au fond de la baie Pisca[2], entre Marseille et Toulon, aperçurent la barque de l'abbé Vilbois qui revenait de la pêche, ils descendirent sur la plage pour aider à tirer le bateau.

L'abbé était seul dedans, et il ramait comme un vrai marin, avec une énergie rare malgré ses cinquante-huit ans. Les manches retroussées sur des bras musculeux, la soutane relevée en bas et serrée entre les genoux, un peu déboutonnée sur la poitrine, son tricorne sur le banc à son côté, et la tête coiffée d'un chapeau cloche en liège recouvert de toile blanche, il avait l'air d'un solide et bizarre ecclésiastique des pays chauds, fait pour les aventures plus que pour dire la messe.

De temps en temps, il regardait derrière lui pour bien reconnaître le point d'abordage, puis il recom-

---

1. Publié en feuilleton dans *Le Figaro*, en février 1890.
   Dans son édition de La Pléiade, L. Forestier rappelle les *Souvenirs* de François Tassart, le valet de chambre de Maupassant : « Je l'aidai à s'habiller, et il me raconta qu'il venait de chez M. Taine : "Je suis allé, me dit-il, lui faire la lecture de ma nouvelle *Le Champ d'oliviers*. Dans son ravissement, il m'a déclaré que c'était de l'Eschyle." » La nouvelle baigne, en effet, dans une lumière belle et violente, qui en appelle au rayonnement de la Grèce antique, à l'espace de la Tragédie, – mais aussi à l'univers biblique, à la passion du Christ : le jardin des Oliviers.
   2. Garandou, Pisca : noms de lieux apparemment fictifs, qui diffusent immédiatement un air provençal. Mais *Pisca* lance le thème de la pêche miraculeuse, affirme aussitôt la présence du Poisson, dont la charge symbolique est très forte tout au long de la nouvelle. A travers lui se trouve confirmée la rencontre entre la passion douloureuse de l'abbé Vilbois et l'un des symboles essentiels de la religion chrétienne.

mençait à tirer, d'une façon rythmée, méthodique et forte, pour montrer, une fois de plus, à ces mauvais matelots du Midi, comment nagent les hommes du Nord.

La barque lancée toucha le sable et glissa dessus comme si elle allait gravir toute la plage en y enfonçant sa quille ; puis elle s'arrêta net, et les cinq hommes qui regardaient venir le curé s'approchèrent, affables, contents, sympathiques au prêtre.

« Eh ben ! dit l'un avec son fort accent de Provence, bonne pêche, monsieur le Curé ? »

L'abbé Vilbois rentra ses avirons, retira son chapeau cloche pour se couvrir de son tricorne, abaissa ses manches sur ses bras, reboutonna sa soutane, puis ayant repris sa tenue et sa prestance de desservant du village, il répondit avec fierté :

« Oui, oui, très bonne, trois loups, deux murènes et quelques girelles[1]. »

Les cinq pêcheurs s'étaient approchés de la barque, et penchés au-dessus du bordage, ils examinaient, avec un air de connaisseurs, les bêtes mortes, les loups gras, les murènes à tête plate, hideux serpents de mer, les girelles violettes striées en zigzag de bandes dorées de la couleur des peaux d'oranges.

Un d'eux dit :

« Je vais vous porter ça dans votre bastide[2], monsieur le Curé.

– Merci, mon brave. »

Ayant serré les mains, le prêtre se mit en route, suivi d'un homme et laissant les autres occupés à prendre soin de son embarcation.

Il marchait à grand pas lents, avec un air de force et de dignité. Comme il avait encore chaud d'avoir ramé avec tant de vigueur, il se découvrait par moments en passant sous l'ombre légère des oliviers, pour livrer à l'air du soir, toujours tiède, mais un peu calmé par une vague brise du large, son front carré, couvert de cheveux blancs, droits et ras, un front d'officier bien plus qu'un front de prêtre. Le village apparaissait sur une butte, au milieu d'une large vallée descendant en plaine vers la mer.

---

1. Petit poisson de la Méditerranée à couleurs vives.
2. La bastide, petite maison de campagne provençale.

C'était par un soir de juillet. Le soleil éblouissant, tout prêt d'atteindre la crête dentelée de collines lointaines, allongeait en biais sur la route blanche, ensevelie sous un suaire[1] de poussière, l'ombre interminable de l'ecclésiastique dont le tricorne démesuré promenait dans le champ voisin une large tache sombre qui semblait jouer à grimper vivement sur tous les troncs d'oliviers rencontrés, pour retomber aussitôt par terre, où elle rampait entre les arbres.

Sous les pieds de l'abbé Vilbois, un nuage de poudre fine, de cette farine impalpable dont sont couverts, en été, les chemins provençaux, s'élevait, fumant autour de sa soutane qu'elle voilait et couvrait, en bas, d'une teinte grise de plus en plus claire. Il allait, rafraîchi maintenant et les mains dans ses poches, avec l'allure lente et puissante d'un montagnard faisant une ascension. Ses yeux calmes regardaient le village, son village où il était curé depuis vingt ans, village choisi par lui, obtenu par une grande faveur, où il comptait mourir. L'église, son église, couronnait le large cône des maisons entassées autour d'elle, de ses deux tours de pierre brune, inégales et carrées, qui dressaient dans ce beau vallon[2] méridional leurs silhouettes anciennes plus pareilles à des défenses de château fort, qu'à des clochers de monument sacré.

L'abbé était content, car il avait pris trois loups, deux murènes et quelques girelles.

Il aurait ce nouveau petit triomphe auprès de ses paroissiens, lui, qu'on respectait surtout, parce qu'il était peut-être, malgré son âge, l'homme le mieux musclé du pays. Ces légères vanités innocentes étaient son plus grand plaisir. Il tirait au pistolet de façon à couper des tiges de fleurs, faisait quel-

---

1. Le suaire est un linceul, la pièce de toile dans laquelle on ensevelit un mort. Mais, au milieu des oliviers, comment ne pas penser au saint Suaire qui a recouvert le Christ au tombeau, qui a gardé l'empreinte de sa passion...

2. Au cœur du vallon, entre sa bastide – qui peut désigner aussi une fortification – et son église, dont les deux tours offrent des « défenses de château fort », l'abbé croit avoir définitivement trouvé refuge. Mais le val, le vallon, pour rassurant qu'il soit dans l'œuvre de Maupassant, n'apporte jamais qu'un abri relatif, un asile momentané. Comble de l'ironie : c'est celui qui a failli s'appeler Philippe-Auguste de *Pravallon* qui incarne ici la force tragique du destin.

quefois des armes[1] avec le marchand de tabac, son voisin, ancien prévôt de régiment, et il nageait mieux que personne sur la côte.

C'était d'ailleurs un ancien homme du monde, fort connu jadis, fort élégant, le baron de Vilbois, qui s'était fait prêtre, à trente-deux ans, à la suite d'un chagrin d'amour.

Issu d'une vieille famille picarde, royaliste et religieuse, qui depuis plusieurs siècles donnait ses fils à l'armée, à la magistrature ou au clergé, il songea d'abord à entrer dans les ordres sur le conseil de sa mère, puis sur les instances de son père il se décida à venir simplement à Paris, faire son droit, et chercher ensuite quelque grave fonction au Palais.

Mais pendant qu'il achevait ses études, son père succomba à une pneumonie à la suite de chasses au marais, et sa mère, saisie par le chagrin, mourut peu de temps après. Donc, ayant hérité soudain d'une grosse fortune, il renonça à des projets de carrière quelconque pour se contenter de vivre en homme riche.

Beau garçon, intelligent bien que d'un esprit limité par des croyances, des traditions et des principes, héréditaires comme ses muscles de hobereau picard, il plut, il eut du succès dans le monde sérieux, et goûta la vie en homme jeune, rigide, opulent et considéré.

Mais voilà qu'à la suite de quelques rencontres chez un ami, il devint amoureux d'une jeune actrice, d'une toute jeune élève du Conservatoire qui débutait avec éclat à l'Odéon.

Il en devint amoureux avec toute la violence, avec tout l'emportement d'un homme né pour croire à des idées absolues. Il en devint amoureux en la voyant à travers le rôle romanesque où elle avait obtenu, le jour même où elle se montra pour la première fois au public, un grand succès.

Elle était jolie, nativement perverse, avec un air d'enfant naïf qu'il appelait son air d'ange. Elle sut le conquérir complètement, faire de lui un de ces

---

1. Faire des armes : s'entraîner à l'escrime, avec l'épée, le fleuret ou le sabre. Maupassant, lui-même excellent rameur comme l'abbé Vilbois, a longtemps pris plaisir à tirer au pistolet et à faire des armes.

délirants forcenés, un de ces déments en extase qu'un regard ou qu'une jupe de femme brûle sur le bûcher des Passions Mortelles[1]. Il la prit donc pour maîtresse, lui fit quitter le théâtre, et l'aima, pendant quatre ans, avec une ardeur toujours grandissante. Certes, malgré son nom et les traditions d'honneur de sa famille, il aurait fini par l'épouser, s'il n'avait découvert, un jour, qu'elle le trompait depuis longtemps avec l'ami qui la lui avait fait connaître.

Le drame fut d'autant plus terrible qu'elle était enceinte, et qu'il attendait la naissance de l'enfant pour se décider au mariage.

Quand il tint entre ses mains les preuves, des lettres, surprises dans un tiroir, il lui reprocha son infidélité, sa perfidie, son ignominie, avec toute la brutalité du demi-sauvage qu'il était.

Mais elle, enfant des trottoirs de Paris, impudente autant qu'impudique, sûre de l'autre homme comme de celui-là, hardie d'ailleurs comme ces filles du peuple qui montent aux barricades par simple crânerie, le brava et l'insulta ; et comme il levait la main, elle lui montra son ventre.

Il s'arrêta, pâlissant, songea qu'un descendant de lui était là, dans cette chair souillée, dans ce corps vil, dans cette créature immonde, un enfant de lui ! Alors il se rua sur elle pour les écraser tous les deux, anéantir cette double honte. Elle eut peur, se sentant perdue, et comme elle roulait sous son poing, comme elle voyait son pied prêt à frapper par terre le flanc gonflé où vivait déjà un embryon d'homme, elle lui cria, les mains tendues pour arrêter les coups :

« Ne me tue point. Ce n'est pas à toi, c'est à lui. »

Il fit un bond en arrière, tellement stupéfait, tellement bouleversé que sa fureur resta suspendue comme son talon, et il balbutia :

« Tu... tu dis ? »

Elle, folle de peur tout à coup devant la mort entrevue dans les yeux et dans le geste terrifiants de cet homme, répéta :

« Ce n'est pas à toi, c'est à lui. »

---

1. Comme en écho au nom de l'écrivain lui-même : d'un *Maupassant Passions Mortelles*, sous le signe du feu.

Il murmura, les dents serrées, anéanti :

« L'enfant ?

– Oui.

– Tu mens ! »

Et, de nouveau, il commença le geste du pied qui va écraser quelqu'un, tandis que sa maîtresse, redressée à genoux, essayant de reculer, balbutiait toujours :

« Puisque je te dis que c'est à lui. S'il était à toi, est-ce que je ne l'aurais pas eu depuis longtemps ? »

Cet argument le frappa comme la vérité même. Dans un de ces éclairs de pensée où tous les raisonnements apparaissent en même temps avec une illuminante clarté, précis, irréfutables, concluants, irrésistibles, il fut convaincu, il fut sûr qu'il n'était point le père du misérable enfant de gueuse qu'elle portait en elle ; et, soulagé, délivré, presque apaisé soudain, il renonça à détruire cette infâme créature.

Alors il lui dit d'une voix plus calme :

« Lève-toi, va-t'en, et que je ne te revoie jamais. »

Elle obéit, vaincue, et s'en alla.

Il ne la revit jamais.

Il partit de son côté. Il descendit vers le Midi, vers le soleil, et s'arrêta dans un village, debout au milieu d'un vallon, au bord de la Méditerranée. Une auberge lui plut qui regardait la mer ; il y prit une chambre et y resta. Il y demeura dix-huit mois, dans le chagrin, dans le désespoir, dans un isolement complet. Il y vécut avec le souvenir dévorant de la femme traîtresse, de son charme, de son enveloppement, de son ensorcellement inavouable, et avec le regret de sa présence et de ses caresses.

Il errait par les vallons provençaux, promenant au soleil tamisé par les grisâtres feuillettes des oliviers sa pauvre tête malade où vivait une obsession.

Mais ses anciennes idées pieuses, l'ardeur un peu calmée de sa foi première lui revinrent au cœur tout doucement dans cette solitude douloureuse. La religion qui lui était apparue autrefois comme un refuge contre la vie inconnue, lui apparaissait maintenant comme un refuge contre la vie trompeuse et torturante. Il avait conservé des habitudes de prière. Il s'y attacha dans son chagrin, et il allait souvent, au crépuscule, s'agenouiller dans l'église assombrie où brillait seul, au fond du chœur, le point de feu de la lampe, gardienne sacrée du sanctuaire, symbole de la présence divine[1].

Il confia sa peine à ce Dieu, à son Dieu, et lui dit toute sa misère. Il lui demandait conseil, pitié, secours, protection, consolation, et dans son oraison répétée chaque jour plus fervente, il mettait chaque fois une émotion plus forte.

Son cœur meurtri, rongé par l'amour d'une femme, restait ouvert et palpitant, avide toujours de tendresse ; et peu à peu, à force de prier, de vivre en ermite[2] avec des habitudes de piété grandissantes, de s'abandonner à cette communication secrète des âmes dévotes avec le Sauveur qui console et attire les misérables, l'amour mystique de Dieu entra en lui et vainquit l'autre.

Alors il reprit ses premiers projets, et se décida à offrir à l'Église une vie brisée qu'il avait failli lui donner vierge.

Il se fit donc prêtre. Par sa famille, par ses relations il obtint d'être nommé desservant de ce village provençal où le hasard l'avait jeté, et, ayant consacré à des œuvres bienfaisantes une grande partie de sa fortune, n'ayant gardé que ce qui lui permettrait de demeurer jusqu'à sa mort utile et secourable aux pauvres, il se réfugia dans une existence calme de pratiques pieuses et de dévouement à ses semblables.

---

1. Dans le tabernacle, la lampe allumée signifie en effet la présence de l'hostie consacrée, la présence du corps du Christ dans le ciboire qui conserve le saint sacrement. Bientôt Dieu aura déserté l'église, et dans *Qui sait ?*, la dernière nouvelle du recueil, le vieux brocanteur de Rouen recueille des tabernacles vides.

2. Le lecteur de Maupassant est ainsi renvoyé à la nouvelle intitulée *L'Ermite* (recueillie dans *La Petite Roque*) : un noceur parisien y quitte brutalement Paris pour le Midi, cherche refuge dans la solitude après avoir reconnu sa propre fille dans la jeune fille avec laquelle il a passé la nuit. Ayant abandonné la mère au moment de sa grossesse, il avait toujours ignoré l'existence de l'enfant, et c'est à travers une ancienne photographie de lui-même, présente sur la cheminée, qu'il se rend compte au petit matin de l'inceste commis... Ici et là, dans *L'Ermite* comme dans *Le Champ d'oliviers*, une photographie effectue le moment tragique de l'identification, assure la présence brutale, le retour du passé. Nul échappatoire cependant pour l'abbé Vilbois : c'est sous la lumière du Midi que la photographie le rattrape, est brandie sous ses yeux. Miroir fatal, objet funeste.

Il fut un prêtre à vues étroites, mais bon, une sorte de guide religieux à tempérament de soldat, un guide de l'Église qui conduisait par force dans le droit chemin l'humanité errante, aveugle, perdue en cette forêt de la vie où tous nos instincts, nos goûts, nos désirs sont des sentiers qui égarent. Mais beaucoup de l'homme d'autrefois restait toujours vivant en lui. Il ne cessa pas d'aimer les exercices violents, les nobles sports, les armes, et il détestait les femmes, toutes, avec une peur d'enfant devant un mystérieux danger.

II

Le matelot qui suivit le prêtre se sentait sur la langue une envie toute méridionale de causer. Il n'osait pas, car l'abbé exerçait sur ses ouailles un grand prestige. À la fin il s'y hasarda :

« Alors, dit-il, vous vous trouvez bien dans votre bastide, monsieur le Curé ? »

Cette bastide était une de ces maisons microscopiques où les provençaux des villes et des villages vont se nicher, en été, pour prendre l'air. L'abbé avait loué cette case dans un champ, à cinq minutes de son presbytère, trop petit et emprisonné au centre de la paroisse, contre l'église.

Il n'habitait pas régulièrement, même en été, cette campagne ; il y allait seulement passer quelques jours de temps en temps, pour vivre en pleine verdure et tirer au pistolet.

« Oui, mon ami, dit le prêtre, je m'y trouve très bien. »

La demeure basse apparaissait bâtie au milieu des arbres, peinte en rose, zébrée, hachée, coupée[1] en petits morceaux par les branches et les feuilles des oliviers dont était planté le champ sans clôture où

---

1. « Zébrée, hachée, coupée »... Nombreuses sont ainsi, disséminées, éclatées tout au long de la nouvelle – jusque dans le contexte apparemment le plus apaisant –, les marques d'une extraordinaire violence qui s'affirmera dans les dernières pages.

elle semblait poussée comme un champignon de Provence.

On apercevait aussi une grande femme qui circulait devant la porte en préparant une petite table à dîner où elle posait à chaque retour, avec une lenteur méthodique, un seul couvert, une assiette, une serviette, un morceau de pain, un verre à boire. Elle était coiffée du petit bonnet des Arlésiennes, cône pointu de soie ou de velours noir sur qui fleurit un champignon blanc.

Quand l'abbé fut à portée de la voix, il lui cria : « Eh ! Marguerite ? »

Elle s'arrêta pour regarder, et reconnaissant son maître :

« Tè c'est vous, monsieur le Curé ?

— Oui. Je vous apporte une belle pêche, vous allez tout de suite me faire griller un loup, un loup au beurre, rien qu'au beurre, vous entendez ? »

La servante, venue au-devant des hommes, examinait d'un œil connaisseur les poissons portés par le matelot.

« C'est que nous avons déjà une poule au riz, dit-elle.

— Tant pis, le poisson du lendemain ne vaut pas le poisson sortant de l'eau. Je vais faire une petite fête de gourmand, ça ne m'arrive pas trop souvent ; et puis, le péché n'est pas gros. »

La femme choisissait le loup, et comme elle s'en allait en l'emportant, elle se retourna :

« Ah ! il est venu un homme vous chercher trois fois, monsieur le Curé. »

Il demanda avec indifférence.

« Un homme ! Quel genre d'homme ?

— Mais un homme qui ne se recommande pas de lui-même.

— Quoi ! un mendiant ?

— Peut-être, oui, je ne dis pas. Je croirais plutôt un maoufatan. »

L'abbé Vilbois se mit à rire de ce mot provençal qui signifie malfaiteur, rôdeur de routes, car il connaissait l'âme timorée de Marguerite qui ne pouvait séjourner à la bastide sans s'imaginer tout le long des jours et surtout des nuits qu'ils allaient être assassinés.

Il donna quelques sous au marin qui s'en alla, et, comme il disait, ayant conservé toutes ses habitudes de soins et de tenue d'ancien mondain : « Je vais me passer un peu d'eau sur le nez et sur les mains », Marguerite lui cria de sa cuisine où elle grattait à rebours, avec un couteau, le dos du loup dont les écailles un peu tachées de sang, se détachaient comme d'infimes piécettes d'argent :

« Tenez les voilà ! »

L'abbé vira vers la route et aperçut en effet un homme, qui lui parut, de loin, fort mal vêtu, et qui s'en venait, à petits pas, vers la maison. Il l'attendit, souriant encore de la terreur de sa domestique, et pensant : « Ma foi, je crois qu'elle a raison, il a bien l'air d'un maoufatan. »

L'inconnu approchait, les mains dans ses poches, les yeux sur le prêtre, sans se hâter. Il était jeune, portait toute la barbe blonde et frisée ; et des mèches de cheveux se roulaient en boucles au sortir d'un chapeau de feutre mou, tellement sale et défoncé que personne n'en aurait pu deviner la couleur et la forme premières. Il avait un long pardessus marron, une culotte dentelée autour des chevilles, et il était chaussé d'espadrilles, ce qui lui donnait une démarche molle, muette, inquiétante, un pas imperceptible de rôdeur.

Quand il fut à quelques enjambées de l'ecclésiastique, il ôta la loque qui lui abritait le front, en se découvrant avec un air un peu théâtral, et montrant une tête flétrie, crapuleuse et jolie, chauve sur le sommet du crâne, marque de fatigue ou de débauche précoce, car cet homme assurément n'avait pas plus de vingt-cinq ans.

Le prêtre, aussitôt, se découvrit aussi, devinant et sentant que ce n'était pas là le vagabond ordinaire, l'ouvrier sans travail ou le repris de justice errant entre deux prisons et que ne sait plus guère parler que le langage mystérieux des bagnes[1].

« Bonjour, monsieur le Curé », dit l'homme.

---

1. Le *gueux*, le *vagabond* est un personnage familier de l'œuvre de Maupassant, où il diffuse à sa manière le thème de l'errance, servant

Le prêtre répondit simplement : « Je vous salue »,
ne voulant pas appeler « Monsieur » ce passant suspect et haillonneux. Ils se contemplaient fixement
et l'abbé Vilbois, devant le regard de ce rôdeur, se
sentait troublé, ému comme en face d'un ennemi
inconnu, envahi par une de ces inquiétudes étranges
qui se glissent en frissons dans la chair et dans le
sang.

À la fin, le vagabond reprit :

« Eh bien ! me reconnaissez-vous ? »

Le prêtre, très étonné, répondit :

« Moi, pas du tout, je ne vous connais point.

– Ah ! vous ne me connaissez point. Regardez-moi
davantage !

– J'ai beau vous regarder, je ne vous ai jamais
vu.

– Ça c'est vrai, reprit l'autre, ironique, mais je
vais vous montrer quelqu'un que vous connaissez
mieux. »

Il se recoiffa et déboutonna son pardessus. Sa
poitrine était nue dedans. Une ceinture rouge, roulée
autour de son ventre maigre, retenait sa culotte
au-dessus de ses hanches.

Il prit dans sa poche une enveloppe, une de ces
invraisemblables enveloppes que toutes les taches
possibles ont marbrées, une de ces enveloppes qui
gardent, dans les doublures des gueux errants, les
papiers quelconques, vrais ou faux, volés ou légi-
times, précieux défenseurs de la liberté contre le
gendarme rencontré. Il en tira une photographie,
une de ces cartes grandes comme une lettre, qu'on
faisait souvent autrefois, jaunie, fatiguée, traînée
longtemps partout, chauffée contre la chair de cet
homme et ternie par sa chaleur.

Alors, l'élevant à côté de sa figure, il demanda :

« Et celui-là, le connaissez-vous ? »

---

d'intermédiaire entre le monde du dedans et du dehors. Mais si le *rôdeur*
représente immédiatement une menace pour le Bourgeois, s'il incarne
l'Inconnu aux yeux des nantis – devant la petite Roque assassinée, on
soupçonnera « quelque rôdeur, quelque ouvrier sans travail », « un
étranger, un passant, un vagabond sans feu ni lieu » –, c'est finalement
à travers un saut tragique dans le Connu qu'on pénètre dans l'univers
de la tragédie : dans *La Petite Roque*, l'assassin est le maire du village ;
dans *Le Champ d'oliviers*, c'est la ressemblance qui tue.

L'abbé fit deux pas pour mieux voir et demeura pâlissant, bouleversé, car c'était son propre portrait, fait pour Elle, à l'époque lointaine de son amour.

Il ne répondit rien, ne comprenant pas.

Le vagabond répéta :

« Le reconnaissez-vous, celui-là ? »

Et le prêtre balbutia :

« Mais oui.

– Qui est-ce ?

– C'est moi.

– C'est bien vous ?

– Mais oui.

– Eh bien ! regardez-nous tous les deux, maintenant, votre portrait et moi ? »

Il avait vu déjà, le misérable homme, il avait vu que ces deux êtres, celui de la carte et celui qui riait à côté, se ressemblaient comme deux frères, mais il ne comprenait pas encore, et il bégaya :

« Que me voulez-vous, enfin ? »

Alors, le gueux, d'une voix méchante :

« Ce que je veux, mais je veux que vous me reconnaissiez d'abord.

– Qui êtes-vous donc ?

– Ce que je suis ? Demandez-le à n'importe qui sur la route, demandez-le à votre bonne, allons le demander au maire du pays si vous voulez, en lui montrant ça ; et il rira bien, c'est moi qui vous le dis. Ah ! vous ne voulez pas reconnaître que je suis votre fils, papa curé ? »

Alors le vieillard, levant ses bras en un geste biblique et désespéré, gémit :

« Ça n'est pas vrai. »

Le jeune homme s'approcha tout contre lui, face à face.

« Ah ! ça n'est pas vrai. Ah ! l'abbé, il faut cesser de mentir, entendez-vous ? »

Il avait une figure menaçante et les poings fermés, et il parlait avec une conviction si violente, que le prêtre, reculant toujours, se demandait lequel des deux se trompait en ce moment.

Encore une fois, cependant, il affirma :

« Je n'ai jamais eu d'enfant. »

L'autre ripostant :

« Et pas de maîtresse, peut-être ? »

Le vieillard prononça résolument un seul mot, un fier aveu :

« Si.

– Et cette maîtresse n'était pas grosse quand vous l'avez chassée ? »

Soudain, la colère ancienne, étouffée vingt-cinq ans plus tôt, non pas étouffée, mais murée au fond du cœur de l'amant, brisa les voûtes de foi, de dévotion résignée, de renoncement à tout, qu'il avait construites sur elle, et, hors de lui, il cria :

« Je l'ai chassée parce qu'elle m'avait trompé et qu'elle portait en elle l'enfant d'un autre, sans quoi, je l'aurais tuée, monsieur, et vous avec elle. »

Le jeune homme hésita, surpris à son tour par l'emportement sincère du curé, puis il répliqua plus doucement :

« Qui vous a dit ça que c'était l'enfant d'un autre ?

– Mais elle, elle-même, en me bravant. »

Alors, le vagabond, sans contester cette affirmation, conclut avec un ton indifférent de voyou qui juge une cause :

« Eh ben ! c'est maman qui s'est trompée en vous narguant, v'là tout[1]. »

Redevenant aussi plus maître de lui, après ce mouvement de fureur, l'abbé, à son tour, interrogea :

« Et qui vous a dit, à vous, que vous étiez mon fils ?

– Elle, en mourant, m'sieu l'Curé... Et puis ça ! »

Et il tendait, sous les yeux du prêtre, la petite photographie.

Le vieillard la prit, et lentement, longuement, le cœur soulevé d'angoisse, il compara ce passant inconnu avec son ancienne image, et il ne douta plus, c'était bien son fils.

Une détresse emporta son âme, une émotion inexprimable, affreusement pénible, comme le remords d'un crime ancien. Il comprenait un peu, il devinait le reste, il revoyait la scène brutale de la séparation.

---

1. « V'là tout », « m'sieu l'Curé »... Le langage du vagabond se relâche soudain, précisément au moment où le mot « maman » est prononcé. Comme un défi : c'est bien l'enfant « voyou », c'est bien un fils qui s'affirme dans ce « sordide coureur de routes ».

C'était pour sauver sa vie, menacée par l'homme outragé, que la femme, la trompeuse et perfide femelle lui avait jeté ce mensonge. Et le mensonge avait réussi. Et un fils de lui était né, avait grandi, était devenu ce sordide coureur de routes, qui sentait le vice comme un bouc sent la bête.

Il murmura :

« Voulez-vous faire quelques pas avec moi, pour nous expliquer davantage ? »

L'autre se mit à ricaner.

« Mais, parbleu ! C'est bien pour cela que je suis venu. »

Ils s'en allèrent ensemble, côte à côte, par le champ d'oliviers. Le soleil avait disparu. La grande fraîcheur des crépuscules du Midi étendait sur la campagne un invisible manteau froid. L'abbé frissonnait et levant soudain les yeux, dans un mouvement habituel d'officiant, il aperçut partout autour de lui, tremblotant sur le ciel, le petit feuillage grisâtre de l'arbre sacré qui avait abrité sous son ombre frêle la plus grande douleur, la seule défaillance du Christ[1].

Une prière jaillit de lui, courte et désespérée, faite avec cette voix intérieure qui ne passe point par la bouche et dont les croyants implorent le Sauveur : « Mon Dieu, secourez-moi. »

Puis se tournant vers son fils :

« Alors, votre mère est morte ? »

Un nouveau chagrin s'éveillait en lui, en prononçant ces paroles : « Votre mère est morte » et crispait son cœur, une étrange misère de la chair de l'homme qui n'a jamais fini d'oublier, et un cruel écho de la torture qu'il avait subie, mais plus encore peut-être, puisqu'elle était morte, un tressaillement de ce délirant et court bonheur de jeunesse dont rien maintenant ne restait plus que la plaie de son souvenir.

Le jeune homme répondit :

« Oui, monsieur le Curé, ma mère est morte.

— Y a-t-il longtemps ?

— Oui, trois ans déjà. »

Un doute nouveau envahit le prêtre.

---

1. C'est le moment où seul, à l'écart des apôtres, le Christ éprouve au mont des Oliviers, la veille de sa Passion, un moment de désespoir.

« Et comment n'êtes-vous pas venu me trouver plus tôt ? »

L'autre hésita.

« Je n'ai pas pu. J'ai eu des empêchements... Mais, pardonnez-moi d'interrompre ces confidences que je vous ferai plus tard, aussi détaillées qu'il vous plaira, pour vous dire que je n'ai rien mangé depuis hier matin. »

Une secousse de pitié ébranla tout le vieillard, et, tendant brusquement les deux mains :

« Oh ! mon pauvre enfant », dit-il.

Le jeune homme reçut ces grandes mains tendues, qui enveloppèrent ses doigts, plus minces, tièdes et fiévreux.

Puis il répondit avec cet air de blague qui ne quittait guère ses lèvres :

« Eh ben ! vrai, je commence à croire que nous nous entendrons tout de même. »

Le curé se mit à marcher.

« Allons dîner », dit-il.

Il songeait soudain, avec une petite joie instinctive, confuse et bizarre, au beau poisson pêché par lui, qui joint à la poule au riz, ferait, ce jour-là, un bon repas pour ce misérable enfant[1].

L'Arlésienne, inquiète et déjà grondeuse, attendait devant la porte.

« Marguerite, cria l'abbé, enlevez la table et portez-la dans la salle, bien vite, bien vite, et mettez deux couverts, mais bien vite. »

La bonne restait effarée, à la pensée que son maître allait dîner avec ce malfaiteur.

Alors, l'abbé Vilbois se mit lui-même à desservir et à transporter, dans l'unique pièce du rez-de-chaussée, le couvert préparé pour lui.

Cinq minutes plus tard, il était assis, en face du vagabond, devant une soupière pleine de soupe aux choux, qui faisait monter, entre leurs visages, un petit nuage de vapeur bouillante.

---

1. C'est, cette fois, la scène du « Retour du fils prodigue » qui se joue devant nous, à laquelle l'abbé Vilbois a recours pour conjurer la douleur, éloigner la menace.

III

Quand les assiettes furent pleines, le rôdeur se mit à avaler sa soupe avidement par cuillerées rapides. L'abbé n'avait plus faim, et il humait seulement avec lenteur le savoureux bouillon de choux, laissant le pain au fond de son assiette.

Tout à coup, il demanda :

« Comment vous appelez-vous ? »

L'homme rit, satisfait d'apaiser sa faim.

« Père inconnu, dit-il, pas d'autre nom de famille que celui de ma mère que vous n'aurez probablement pas encore oublié. J'ai, par contre, deux prénoms, qui ne me vont guère, entre parenthèses, "Philippe-Auguste". »

L'abbé pâlit et demanda, la gorge serrée :

« Pourquoi vous a-t-on donné ces prénoms ? »

Le vagabond haussa les épaules.

« Vous devez bien le deviner. Après vous avoir quitté, maman a voulu faire croire à votre rival que j'étais à lui, et il l'a cru à peu près jusqu'à mon âge de quinze ans. Mais, à ce moment-là, j'ai commencé à vous ressembler trop. Et il m'a renié, la canaille. On m'avait donc donné ses deux prénoms, Philippe-Auguste ; et si j'avais eu la chance de ne ressembler à personne ou d'être simplement le fils d'un troisième larron qui ne se serait pas montré, je m'appellerais aujourd'hui le vicomte Philippe-Auguste de Pravallon, fils tardivement reconnu du comte du même nom, sénateur. Moi, je me suis baptisé : "Pas de veine[1]".

– Comment savez-vous tout cela ?

– Parce qu'il y a eu des explications devant moi, parbleu, et de rudes explications, allez. Ah ! c'est ça qui vous apprend la vie ! »

---

1. L'écart social, la conjonction romanesque entre le Sénateur-comte de Pravallon et le vagabond surnommé « Pas de veine », introduit ici le lecteur – le temps du récit de Philippe-Auguste – à l'univers de la littérature feuilletonesque : richesse et infortune, crimes cachés, reconnaissance et reniement, entre le château et le bagne.

Quelque chose de plus pénible et de plus tenaillant que tout ce qu'il avait ressenti et souffert depuis une demi-heure oppressait le prêtre. C'était en lui une sorte d'étouffement qui commençait, qui allait grandir et finirait par le tuer, et cela lui venait, non pas tant des choses qu'il entendait, que de la façon dont elles étaient dites et de la figure de crapule du voyou qui les soulignait. Entre cet homme et lui, entre son fils et lui, il commençait à sentir à présent ce cloaque des saletés morales qui sont, pour certaines âmes, de mortels poisons. C'était son fils cela? Il ne pouvait encore le croire. Il voulait toutes les preuves, toutes; tout apprendre, tout entendre, tout écouter, tout souffrir. Il pensa de nouveau aux oliviers qui entouraient sa petite bastide, et il murmura pour la seconde fois : «Oh! mon Dieu, secourez-moi.»

Philippe-Auguste avait fini sa soupe. Il demanda : «On ne mange donc plus, l'abbé?»

Comme la cuisine se trouvait en dehors de la maison, dans un bâtiment annexe, et que Marguerite ne pouvait entendre la voix de son curé, il la prévenait de ses besoins par quelques coups donnés sur un gong chinois suspendu près du mur, derrière lui[1].

Il prit donc le marteau de cuir et heurta plusieurs fois la plaque ronde de métal. Un son, faible d'abord, s'en échappa, puis grandit, s'accentua, vibrant, aigu, suraigu, déchirant, horrible plainte du cuivre frappé.

La bonne apparut. Elle avait une figure crispée et elle jetait des regards furieux sur le « maoufatan » comme si elle eût pressenti, avec son instinct de chien fidèle, le drame abattu sur son maître. En ses mains elle tenait le loup grillé d'où s'envolait une savoureuse odeur de beurre fondu. L'abbé, avec une cuiller, fendit le poisson d'un bout à l'autre, et offrant le filet du dos à l'enfant de sa jeunesse :

«C'est moi qui l'ai pris tantôt», dit-il, avec un reste de fierté qui surnageait dans sa détresse.

---

1. Jusqu'à la fin de la nouvelle le gong chinois tient lieu de la sonnette que l'on agite pendant l'office de la messe, *pendant le sacrifice* : la table dressée comme un autel, où, après le poisson, le vin apparaît, le corps et le sang du Christ.

Marguerite ne s'en allait pas.

Le prêtre reprit :

« Apportez du vin, du bon, du vin blanc du cap Corse. »

Elle eut presque un geste de révolte, et il dut répéter, en prenant un air sévère : « Allez, deux bouteilles. » Car, lorsqu'il offrait du vin à quelqu'un, plaisir rare, il s'en offrait toujours une bouteille à lui-même.

Philippe-Auguste, radieux, murmura :

« Chouette. Une bonne idée. Il y a longtemps que je n'ai mangé comme ça. »

La servante revint au bout de deux minutes. L'abbé les jugea longues comme deux éternités, car un besoin de savoir lui brûlait à présent le sang, dévorant ainsi qu'un feu d'enfer.

Les bouteilles étaient débouchées, mais la bonne restait là, les yeux fixés sur l'homme.

« Laissez-nous », dit le curé.

Elle fit semblant de ne pas entendre.

Il reprit presque durement :

« Je vous ai ordonné de nous laisser seuls. »

Alors elle s'en alla.

Philippe-Auguste mangeait le poisson avec une précipitation vorace ; et son père le regardait, de plus en plus surpris et désolé de tout ce qu'il découvrait de bas sur cette figure qui lui ressemblait tant. Les petits morceaux que l'abbé Vilbois portait à ses lèvres, lui demeuraient dans la bouche, sa gorge serrée refusant de les laisser passer ; et il les mâchait longtemps, cherchant, parmi toutes les questions qui lui venaient à l'esprit, celle dont il désirait le plus vite la réponse.

Il finit par murmurer :

« De quoi est-elle morte ?

– De la poitrine.

– A-t-elle été longtemps malade ?

– Dix-huit mois, à peu près.

– D'où cela lui était-il venu ?

– On ne sait pas. »

Ils se turent. L'abbé songeait. Tant de choses l'oppressaient qu'il aurait voulu déjà connaître, car depuis le jour de la rupture, depuis le jour où il

avait failli la tuer, il n'avait rien su d'elle. Certes, il
n'avait pas non plus désiré savoir, car il l'avait jetée
avec résolution dans une fosse d'oubli, elle, et ses
jours de bonheur; mais voilà qu'il sentait naître en
lui, tout à coup, maintenant qu'elle était morte, un
ardent désir d'apprendre, un désir jaloux, presque
un désir d'amant.

Il reprit :

«Elle n'était pas seule, n'est-ce pas?

– Non, elle vivait toujours avec lui.»

Le vieillard tressaillit.

«Avec lui! Avec Pravallon?

– Mais oui.»

Et l'homme jadis trahi calcula que cette même
femme qui l'avait trompé, était demeurée plus de
trente ans avec son rival.

Ce fut presque malgré lui qu'il balbutia :

«Furent-ils heureux ensemble?»

En ricanant, le jeune homme répondit :

«Mais oui, avec des hauts et des bas! Ça aurait
été très bien sans moi. J'ai toujours tout gâté, moi.

– Comment, et pourquoi? dit le prêtre.

– Je vous l'ai déjà raconté. Parce qu'il a cru que
j'étais son fils jusqu'à mon âge de quinze ans environ.
Mais il n'était pas bête, le vieux, il a bien découvert
tout seul la ressemblance, et alors il y a eu des
scènes. Moi, j'écoutais aux portes. Il accusait maman
de l'avoir mis dedans[1]. Maman ripostait : "Est-ce
ma faute? Tu savais très bien, quand tu m'as prise,
que j'étais la maîtresse de l'autre." L'autre c'était
vous.

– Ah! ils parlaient donc de moi quelquefois?

– Oui, mais ils ne vous ont jamais nommé devant
moi, sauf à la fin, tout à la fin, aux derniers jours,
quand maman s'est sentie perdue. Ils avaient tout
de même de la méfiance.

– Et vous... vous avez appris de bonne heure que
votre mère était dans une situation irrégulière?

---

1. L'expression familière, qui vient «spontanément» à la bouche de
Philippe-Auguste, cache cependant une hantise, une interrogation per-
manente dans l'œuvre de Maupassant (*cf.* ici même notre Introduction) :
le «dedans» est-il bon, est-il mauvais? Aux liens, au piège du «dedans»,
faut-il opposer l'effraction et la fuite, céder à l'appel du «dehors»?...

– Parbleu! Je ne suis pas naïf, moi, allez, et je ne l'ai jamais été. Ça se devine tout de suite ces choses-là, dès qu'on commence à connaître le monde. »

Philippe-Auguste se versait à boire coup sur coup. Ses yeux s'allumaient, son long jeûne lui donnant une griserie rapide.

Le prêtre s'en aperçut; il faillit l'arrêter, puis la pensée l'effleura que l'ivresse rendait imprudent et bavard, et, prenant la bouteille, il emplit de nouveau le verre du jeune homme.

Marguerite apportait la poule au riz. L'ayant posée sur la table, elle fixa de nouveau ses yeux sur le rôdeur, puis elle dit à son maître avec un air indigné :

« Mais regardez qu'il est saoul, monsieur le Curé.

– Laisse-nous donc tranquilles, reprit le prêtre, et va-t'en. »

Elle sortit en tapant la porte.

Il demanda :

« Qu'est-ce qu'elle disait de moi, votre mère?

– Mais ce qu'on dit d'ordinaire d'un homme qu'on a lâché; que vous n'étiez pas commode, embêtant pour une femme, et qui lui auriez rendu la vie très difficile avec vos idées.

– Souvent elle a dit cela?

– Oui, quelquefois avec des subterfuges, pour que je ne comprenne point, mais je devinais tout.

– Et vous, comment vous traitait-on dans cette maison?

– Moi? très bien d'abord, et puis très mal ensuite. Quand maman a vu que je gâtais son affaire, elle m'a flanqué à l'eau.

– Comment ça?

– Comment ça! c'est bien simple. J'ai fait quelques fredaines vers seize ans; alors ces gouapes-là[1] m'ont mis dans une maison de correction, pour se débarrasser de moi. »

Il posa ses coudes sur la table, appuya ses deux joues sur ses deux mains et, tout à fait ivre, l'esprit chaviré dans le vin, il fut saisi tout à coup par une

---

1. Précisément d'origine provençale, le mot « gouape » désigne d'abord un gueux, un vagabond.

de ces irrésistibles envies de parler de soi qui font divaguer les pochards en de fantastiques vantardises.

Et il souriait gentiment, avec une grâce féminine sur les lèvres, une grâce perverse que le prêtre reconnut. Non seulement il la reconnut, mais il la sentit, haïe et caressante, cette grâce qui l'avait conquis et perdu jadis. C'était à sa mère que l'enfant, à présent, ressemblait le plus[1], non par les traits du visage, mais par le regard captivant et faux et surtout par la séduction du sourire menteur qui semblait ouvrir la porte de la bouche à toutes les infamies du dedans.

Philippe-Auguste raconta :

« Ah ! ah ! ah ! J'en ai eu une vie, moi, depuis la maison de correction, une drôle de vie qu'un grand romancier payerait cher. Vrai, le père Dumas, avec son *Monte-Cristo*[2], n'en a pas trouvé de plus cocasses que celles qui me sont arrivées. »

Il se tut, avec une gravité philosophique d'homme gris qui réfléchit, puis, lentement :

« Quand on veut qu'un garçon tourne bien, on ne devrait jamais l'envoyer dans une maison de correction, à cause des connaissances de là dedans, quoi qu'il ait fait. J'en avais fait une bonne, moi, mais elle a mal tourné. Comme je me baladais avec trois camarades, un peu éméchés tous les quatre, un soir, vers neuf heures, sur la grand'route, auprès du gué de Folac, voilà que je rencontre une voiture où tout le monde dormait, le conducteur et sa famille ; c'étaient des gens de Martinon qui revenaient de dîner à la ville. Je prends le cheval par la bride, je le fais monter dans le bac du passeur et je pousse le bac au milieu de la rivière. Ça fait du bruit, le bourgeois qui conduisait se réveille, il ne voit rien, il fouette. Le cheval part et saute dans le bouillon avec la voiture. Tous noyés ! Les

---

1. Entre Pravallon et Vilbois, au-delà des deux Pères, la ressemblance tire à la source, remonte à l'origine du mal : c'est la femme qui est ici « la gueuse », la mère séduisante et fourbe de l'enfant pervers. Si le père et le fils ont des traits identiques, la ressemblance à la mère se porte comme un charme, maléfique.

2. Le rapprochement s'impose d'autant plus qu'il faudrait solliciter ici – paternité oblige – l'œuvre des deux Dumas : *Dumas père* et *Dumas fils*.

camarades m'ont dénoncé. Ils avaient bien ri d'abord en me voyant faire ma farce. Vrai, nous n'avions pas pensé que ça tournerait si mal. Nous espérions seulement un bain, histoire de rire.

« Depuis ça, j'en ai fait de plus raides pour me venger de la première, qui ne méritait pas la correction, sur ma parole. Mais ce n'est pas la peine de les raconter. Je vais vous dire seulement la dernière, parce que celle-là elle vous plaira, j'en suis sûr. Je vous ai vengé, papa. »

L'abbé regardait son fils avec des yeux terrifiés, et il ne mangeait plus rien.

Philippe-Auguste allait se remettre à parler.

« Non, dit le prêtre, pas à présent, tout à l'heure. »

Se retournant, il battit et fit crier la stridente cymbale chinoise.

Marguerite entra aussitôt.

Et son maître commanda, avec une voix si rude qu'elle baissa la tête, effrayée et docile :

« Apporte-nous la lampe[1] et tout ce que tu as encore à mettre sur la table, puis tu ne paraîtras plus tant que je n'aurai pas frappé le gong. »

Elle sortit, revint et posa sur la nappe une lampe de porcelaine blanche, coiffée d'un abat-jour vert, un gros morceau de fromage, des fruits, puis s'en alla.

Et l'abbé dit résolument :

« Maintenant, je vous écoute. »

Philippe-Auguste emplit avec tranquillité son assiette de dessert et son verre de vin. La seconde bouteille était presque vide, bien que le curé n'y eût point touché.

Le jeune homme reprit, bégayant, la bouche empâtée de nourriture et de saoulerie :

*

« La dernière, la voilà. C'en est une rude : J'étais revenu à la maison... et j'y restais malgré eux parce

---

1. Dans le contexte méditerranéen de la nouvelle, la formule prend une dimension toute « biblique ». Le drame, la tension se développent ainsi à l'encontre de la sérénité du soir : la *lampe* et le *gong* sont témoins de l'affrontement, de la mort. Au terme de la nouvelle la lampe est brisée ; le gong tinte une dernière fois. Le glas.

qu'ils avaient peur de moi... peur de moi... Ah! faut
pas qu'on m'embête, moi... je suis capable de tout
quand on m'embête... Vous savez... ils vivaient
ensemble et pas ensemble. Il avait deux domiciles,
lui, un domicile de sénateur et un domicile d'amant.
Mais il vivait chez maman plus souvent que chez
lui, car il ne pouvait plus se passer d'elle. Ah!... en
voilà une fine, et une forte... maman... elle savait
vous tenir un homme, celle-là! Elle l'avait pris corps
et âme, et elle l'a gardé jusqu'à la fin. C'est-il bête,
les hommes! Donc, j'étais revenu et je les maîtrisais
par la peur. Je suis débrouillard, moi, quand il faut,
et pour la malice, pour la ficelle, pour la poigne
aussi, je ne crains personne. Voilà que maman tombe
malade et il l'installe dans une belle propriété près
de Meulan, au milieu d'un parc grand comme une
forêt. Ça dure dix-huit mois environ... comme je
vous ai dit. Puis nous sentons approcher la fin. Il
venait tous les jours de Paris, et il avait du chagrin,
mais là, du vrai.

« Donc, un matin, ils avaient jacassé ensemble
près d'une heure, et je me demandais de quoi ils
pouvaient jaboter si longtemps quand on m'appelle.
Et maman me dit :

« Je suis près de mourir et il y a quelque chose
que je veux te révéler, malgré l'avis du comte. » Elle
l'appelait toujours « le comte » en parlant de lui.
« C'est le nom de ton père, qui vit encore. »

« Je le lui avais demandé plus de cent fois... plus
de cent fois... le nom de mon père... plus de cent
fois... et elle avait toujours refusé de le dire... Je
crois même qu'un jour j'y ai flanqué des gifles pour
la faire jaser, mais ça n'a servi de rien. Et puis,
pour se débarrasser de moi, elle m'a annoncé que
vous étiez mort sans le sou, que vous étiez un pas
grand'chose, une erreur de sa jeunesse, une gaffe
de vierge, quoi. Elle me l'a si bien raconté que j'y
ai coupé, mais en plein, dans votre mort.

« Donc elle me dit :

« C'est le nom de ton père. »

« L'autre, qui était assis dans un fauteuil, réplique
comme ça, trois fois :

« Vous avez tort, vous avez tort, vous avez tort, Rosette. »

« Maman s'assied dans son lit. Je la vois encore avec ses pommettes rouges et ses yeux brillants, car elle m'aimait bien tout de même ; et elle lui dit :

« Alors faites quelque chose pour lui, Philippe ! »

« En lui parlant, elle le nommait « Philippe » et moi « Auguste ».

« Il se mit à crier comme un forcené :

« Pour cette crapule-là, jamais, pour ce vaurien, ce repris de justice, ce... ce... ce... »

« Et il en trouva des noms pour moi, comme s'il n'avait cherché que ça toute sa vie.

« J'allais me fâcher, maman me fait taire, et elle lui dit :

« Vous voulez donc qu'il meure de faim, puisque je n'ai rien, moi. »

« Il répliqua, sans se troubler :

« Rosette, je vous ai donné trente-cinq mille francs par an, depuis trente ans, cela fait plus d'un million. Vous avez vécu par moi en femme riche, en femme aimée, j'ose dire, en femme heureuse. Je ne dois rien à ce gueux qui a gâté nos dernières années ; et il n'aura rien de moi. Il est inutile d'insister. Nommez-lui l'autre si vous voulez. Je le regrette, mais je m'en lave les mains[1]. »

« Alors, maman se tourne vers moi. Je me disais : « Bon... v'là que je retrouve mon vrai père... ; s'il a de la galette, je suis un homme sauvé... »

« Elle continua :

« Ton père, le baron de Vilbois, s'appelle aujourd'hui l'abbé Vilbois, curé de Garandou, près de Toulon. Il était mon amant quand je l'ai quitté pour celui-ci. »

« Et voilà qu'elle me conte tout, sauf qu'elle vous a mis dedans aussi au sujet de sa grossesse. Mais les femmes, voyez-vous, ça ne dit jamais la vérité. »

Il ricanait, inconscient, laissant sortir librement toute sa fange. Il but encore, et la face toujours hilare, continua :

---

1. Le texte des Évangiles, le récit de la Passion, est si présent dans *Le Champ d'oliviers* qu'on peut naturellement penser au geste de Ponce Pilate.

« Maman mourut deux jours... deux jours plus tard. Nous avons suivi son cercueil au cimetière, lui et moi... est-ce drôle,... dites... lui et moi... et trois domestiques... c'est tout. Il pleurait comme une vache... nous étions côte à côte... on eût dit papa et le fils à papa.

« Puis nous voilà revenus à la maison. Rien que nous deux. Moi je me disais : « Faut filer, sans un sou. » J'avais juste cinquante francs. Qu'est-ce que je pourrais bien trouver pour me venger.

« Il me touche le bras, et me dit :

« J'ai à vous parler. »

« Je le suivis dans son cabinet. Il s'assit devant sa table, puis, en barbotant dans ses larmes, il me raconte qu'il ne veut pas être pour moi aussi méchant qu'il le disait à maman ; il me prie de ne pas vous embêter... – Ça... ça nous regarde, vous et moi... – Il m'offre un billet de mille... mille... mille... qu'est-ce que je pouvais faire avec mille francs... moi... un homme comme moi. Je vis qu'il y en avait d'autres dans le tiroir, un vrai tas. La vue de c' papier-là, ça me donne une envie de chouriner[1]. Je tends la main pour prendre celui qu'il m'offrait, mais au lieu de recevoir son aumône, je saute dessus, je le jette par terre, et je lui serre la gorge jusqu'à lui faire tourner de l'œil ; puis, quand je vis qu'il allait passer, je le bâillonne, je le ligote, je le déshabille, je le retourne et puis... ah ! ah ! ah !... je vous ai drôlement vengé !... »

Philippe-Auguste toussait, étranglé de joie, et toujours sur sa lèvre relevée d'un pli féroce et gai, l'abbé Vilbois retrouvait l'ancien sourire de la femme qui lui avait fait perdre la tête.

« Après ? » dit-il.

– Après... Ah ! ah ! ah !... Il y avait grand feu dans la cheminée... c'était en décembre... par le froid... qu'elle est morte... maman... grand feu de charbon... Je prends le tisonnier... je le fais rougir... et voilà... que je lui fais des croix dans le dos, huit, dix, je

---

1. Dans la langue argotique, « chouriner » signifie tuer à l'aide d'un surin, d'un couteau. Surtout, langue des apaches, mystères de Londres et de Paris ! le *chourineur* est l'un des personnages-types du roman-feuilleton.

ne sais pas combien, puis je le retourne et je lui
en fais autant sur le ventre. Est-ce drôle, hein ! papa.
C'est ainsi qu'on marquait les forçats autrefois. Il
se tortillait comme une anguille... mais je l'avais
bien bâillonné, il ne pouvait pas crier. Puis, je pris
les billets – douze – avec le mien ça faisait treize...
ça ne m'a pas porté chance. Et je me suis sauvé en
disant aux domestiques de ne pas déranger M. le
comte jusqu'à l'heure du dîner parce qu'il dormait.

« Je pensais bien qu'il ne dirait rien, par peur du
scandale, vu qu'il est sénateur. Je me suis trompé.
Quatre jours après j'étais pincé dans un restaurant
de Paris. J'ai eu trois ans de prison. C'est pour ça
que je n'ai pas pu venir vous trouver plus tôt. »

*

Il but encore, et bredouillant de façon à prononcer
à peine les mots :
« Maintenant... papa... papa curé !... Est-ce drôle
d'avoir un curé pour papa !... Ah ! ah ! faut être gentil,
bien gentil avec bibi, parce que bibi n'est pas ordinaire... et qu'il en a fait une bonne... pas vrai... une
bonne... au vieux... »

La même colère qui avait affolé jadis l'abbé Vilbois,
devant la maîtresse trahissante, le soulevait à présent
devant cet abominable homme.

Lui qui avait tant pardonné, au nom de Dieu, les
secrets infâmes chuchotés dans le mystère des confes-
sionnaux, il se sentait sans pitié, sans clémence en
son propre nom, et il n'appelait plus maintenant à
son aide ce Dieu secourable et miséricordieux, car
il comprenait qu'aucune protection céleste ou ter-
restre ne peut sauver ici-bas ceux sur qui tombent
de tels malheurs.

Toute l'ardeur de son cœur passionné et de son
sang violent, éteinte par l'apostolat, se réveillait dans
une révolte irrésistible contre ce misérable qui était
son fils, contre cette ressemblance avec lui, et aussi
avec la mère, la mère indigne qui l'avait conçu pareil
à elle, et contre la fatalité qui rivait ce gueux à son
pied paternel ainsi qu'un boulet de galérien.

Il voyait, il prévoyait tout avec une lucidité subite,

réveillé par ce choc de ses vingt-cinq ans de pieux sommeil et de tranquillité.

Convaincu soudain qu'il fallait parler fort pour être craint de ce malfaiteur et le terrifier du premier coup, il lui dit, les dents serrées par la fureur, et ne songeant plus à son ivresse :

«Maintenant que vous m'avez tout raconté, écoutez-moi. Vous partirez demain matin. Vous habiterez un pays que je vous indiquerai et que vous ne quitterez jamais sans mon ordre. Je vous y payerai une pension qui vous suffira pour vivre, mais petite, car je n'ai pas d'argent. Si vous désobéissez une seule fois, ce sera fini et vous aurez affaire à moi...»

Bien qu'abruti par le vin, Philippe-Auguste comprit la menace ; et le criminel qui était en lui surgit tout à coup. Il cracha ces mots, avec des hoquets :

«Ah ! papa, faut pas me la faire... T'es curé... je te tiens... et tu fileras doux, comme les autres !»

L'abbé sursauta ; et ce fut, dans ses muscles de vieil hercule, un invincible besoin de saisir ce monstre, de le plier comme une baguette et de lui montrer qu'il faudrait céder.

Il lui cria, en secouant la table et en la lui jetant dans la poitrine :

«Ah ! prenez garde, prenez garde,... je n'ai peur de personne, moi...»

L'ivrogne, perdant l'équilibre, oscillait sur sa chaise. Sentant qu'il allait tomber et qu'il était au pouvoir du prêtre, il allongea sa main, avec un regard d'assassin, vers un des couteaux qui traînaient sur la nappe. L'abbé Vilbois vit le geste, et il donna à la table une telle poussée que son fils culbuta sur le dos et s'étendit par terre. La lampe roula et s'éteignit.

Pendant quelques secondes une fine sonnerie de verres heurtés chanta dans l'ombre ; puis ce fut une sorte de rampement de corps mou sur le pavé, puis plus rien.

Avec la lampe brisée la nuit subite s'était répandue sur eux si prompte, inattendue et profonde, qu'ils en furent stupéfaits comme d'un événement effrayant. L'ivrogne, blotti contre le mur, ne remuait plus ; et le prêtre restait sur sa chaise, plongé dans ces ténèbres, qui noyaient sa colère. Ce voile sombre jeté sur lui arrêtant son emportement, immobilisa aussi l'élan furieux de son âme ; et d'autres idées lui vinrent, noires et tristes comme l'obscurité.

Le silence se fit, un silence épais de tombe fermée, où rien ne semblait plus vivre et respirer. Rien non plus ne venait du dehors, pas un roulement de voiture au loin, pas un aboiement de chien, pas même un glissement dans les branches ou sur les murs, d'un léger souffle de vent.

Cela dura longtemps, très longtemps, peut-être une heure. Puis, soudain, le gong tinta ! Il tinta frappé d'un seul coup dur, sec et fort, que suivit un grand bruit bizarre de chute et de chaise renversée.

Marguerite, aux aguets, accourut ; mais dès qu'elle eut ouvert la porte, elle recula épouvantée devant l'ombre impénétrable. Puis tremblante, le cœur précipité, la voix haletante et basse, elle appela :

« M'sieu l' Curé, m'sieu l' Curé. »

Personne ne répondit, rien ne bougea.

« Mon Dieu, mon Dieu, pensa-t-elle, qu'est-ce qu'ils ont fait, qu'est-ce qu'est arrivé ? »

Elle n'osait pas avancer, elle n'osait pas retourner prendre une lumière ; et une envie folle de se sauver, de fuir et de hurler la saisit, bien qu'elle se sentît les jambes brisées à tomber sur place. Elle répétait :

« M'sieu le Curé, m'sieu le Curé, c'est moi, Marguerite. »

Mais soudain, malgré sa peur, un désir instinctif de secourir son maître, et une de ces bravoures de femmes qui les rendent par moments héroïques emplirent son âme d'audace terrifiée, et, courant à sa cuisine, elle rapporta son quinquet[1].

Sur la porte de la salle, elle s'arrêta. Elle vit d'abord le vagabond, étendu contre le mur, et qui dormait ou semblait dormir, puis la lampe cassée, puis, sous la table, les deux pieds noirs et les jambes aux bas noirs de l'abbé Vilbois, qui avait dû s'abattre sur le dos en heurtant le gong de sa tête.

---

1. Quinquet, ancienne lampe, du nom de Quinquet qui l'a perfectionnée. On dit aussi, familièrement, « allumer, éteindre les quinquets » pour ouvrir, fermer les yeux.

Palpitante d'effroi, les mains tremblantes, elle répétait :

« Mon Dieu, mon Dieu, qu'est-ce que c'est ? »

Et comme elle avançait à petits pas, avec lenteur, elle glissa dans quelque chose de gras et faillit tomber.

Alors, s'étant penchée, elle s'aperçut que, sur le pavé rouge, un liquide rouge aussi coulait, s'étendant autour de ses pieds et courant vite vers la porte. Elle devina que c'était du sang.

Folle, elle s'enfuit, jetant sa lumière pour ne plus rien voir, et elle se précipita dans la campagne, vers le village. Elle allait, heurtant les arbres, les yeux fixés vers les feux lointains et hurlant.

Sa voix aiguë s'envolait par la nuit comme un sinistre cri de chouette et clamait sans discontinuer : « Le maoufatan... le maoufatan... le maoufatan... »

Lorsqu'elle atteignit les premières maisons, des hommes effarés sortirent et l'entourèrent ; mais elle se débattait sans répondre, car elle avait perdu la tête.

On finit par comprendre qu'un malheur venait d'arriver dans la campagne du curé, et une troupe s'arma pour courir à son aide.

Au milieu du champ d'oliviers la petite bastide peinte en rose était devenue invisible et noire dans la nuit profonde et muette. Depuis que la lueur unique de sa fenêtre éclairée s'était éteinte comme un œil fermé, elle demeurait noyée dans l'ombre, perdue dans les ténèbres, introuvable pour quiconque n'était pas enfant du pays.

Bientôt des feux coururent au ras de terre, à travers les arbres, venant vers elle. Ils promenaient sur l'herbe brûlée de longues clartés jaunes, et sous leurs éclats errants les troncs tourmentés des oliviers ressemblaient parfois à des monstres, à des serpents d'enfer enlacés et tordus. Les reflets projetés au loin firent soudain surgir dans l'obscurité quelque chose de blanchâtre et de vague, puis, bientôt le mur bas et carré de la petite demeure redevint rose devant les lanternes. Quelques paysans les portaient, escortant deux gendarmes, revolver au poing, le garde

champêtre, le maire et Marguerite que des hommes
soutenaient, car elle défaillait.

Devant la porte demeurée ouverte, effrayante, il
y eut un moment d'hésitation. Mais le brigadier
saisissant un falot, entra suivi par les autres.

La servante n'avait pas menti. Le sang, figé maintenant, couvrait le pavé comme un tapis. Il avait
coulé jusqu'au vagabond, baignant une de ses jambes
et une de ses mains.

Le père et le fils dormaient, l'un, la gorge coupée,
du sommeil éternel, l'autre du sommeil des ivrognes.
Les deux gendarmes se jetèrent sur celui-ci et avant
qu'il fût réveillé il avait des chaînes aux poignets.
Il frotta ses yeux, stupéfait, abruti de vin ; et lorsqu'il
vit le cadavre du prêtre, il eut l'air terrifié, et de ne
rien comprendre.

« Comment ne s'est-il pas sauvé, dit le maire ?

– Il était trop saoul, répliqua le brigadier. »

Et tout le monde fut de son avis, car l'idée ne
serait venue à personne que l'abbé Vilbois, peut-être,
avait pu se donner la mort[1].

---

1. *Le Figaro* présente une première version tout à fait différente de
la fin du *Champ d'oliviers*. Plus feuilletonesque sans doute, plus proche
de la sensibilité du lecteur du journal, avec l'appel du sang : l'importance
donnée à la plaie, au sang qui coule, au châtiment subi. La guillotine
est très souvent au XIXe siècle la pièce maîtresse du roman-feuilleton.
Dans le livre, au contraire, Maupassant abandonne Philippe-Auguste à
son sort et revient, de manière plus rigoureuse, à la figure de l'abbé
Vilbois, sur laquelle s'achève le texte. Le père mort a, par son suicide,
le dernier mot.
Voici la version primitive du *Figaro* :

... Marguerite alors, un peu rassurée par la présence des fusils et des haches,
raconta qu'un maoufatan venait d'assassiner son maître, et avait failli la tuer
elle-même, car elle était entrée juste au moment du crime accompli.
    On prit mille précautions en approchant de la maison qui fut cernée et envahie
comme un bastion enlevé d'assaut, et on découvrit, en effet, dans la salle à manger,
l'abbé Vilbois, la gorge ouverte et gisant sur le dos dans une mare de sang déjà
coagulé.
    À l'autre bout de l'appartement, un homme dormait, d'un sommeil profond.
L'Arlésienne criait : « Non, il ne dort pas... tuez-le... voilà le couteau... »
    Et elle montrait sur la nappe un couteau sanglant près d'une assiette presque
remplie aussi de sang qui avait dû jaillir de la blessure.
    L'assassin semblait toujours dormir. On le souleva, on le secoua, on le battit. Il
ouvrit les yeux et parut ne rien comprendre, car il avait l'air tout à fait ivre.
    On lui montra avec sa plaie horrible qui faisait un trou rouge entre la
poitrine et la tête. Il en eut grand-peur.
    Le maire et les gendarmes arrivèrent et, après les constatations d'usage sur la
position du cadavre, celle du prétendu dormeur, sur la place où l'instrument du
crime avait été retrouvé, sur la chute de la lampe qui laissait supposer une courte
lutte, on reçut la première déposition de la servante.
    Elle raconta et affirma, sous la foi du serment, qu'elle était entrée à l'instant où
l'homme se tenait encore penché sur le prêtre ; et qu'il s'était aussitôt précipité sur

MOUCHE[1]

SOUVENIR D'UN CANOTIER

Il nous dit :

En ai-je vu, de drôles de choses et de drôles de filles aux jours passés où je canotais. Que de fois j'ai eu envie d'écrire un petit livre, titré « Sur la Seine », pour raconter cette vie de force et d'insouciance, de gaieté et de pauvreté, de fête robuste et tapageuse que j'ai menée de vingt à trente ans.

J'étais un employé sans le sou ; maintenant je suis un homme arrivé qui peut jeter des grosses sommes pour un caprice d'une seconde. J'avais au cœur mille désirs modestes et irréalisables qui me doraient l'existence de toutes les attentes imaginaires. Aujourd'hui, je ne sais pas vraiment quelle fantaisie me pourrait faire lever du fauteuil où je somnole.

elle, le couteau levé. Elle n'avait dû son salut qu'en lui jetant à la tête son luminaire et en se sauvant à toutes jambes. On retrouva en effet le quinquet de cuisine de la servante auprès de l'endroit où le vagabond dormait ou feignait de dormir. La preuve semblait faite.

Mais on se perdit en conjectures sur la raison qui avait pu déterminer le meurtrier à rester sur le lieu du crime au lieu de fuir.

Une voix dit :

« Il était trop saoul pour s'en aller. »

Philippe-Auguste fut jugé à Aix, en Provence, et condamné à mort. Jusqu'au dernier moment il protesta de son innocence avec une énergie désespérée qui ébranla souvent la conviction de ses juges.

Mais les charges contre lui étaient accablantes, aggravées surtout par la déposition de la bonne.

Pour se défendre, il racontait une histoire bizarre, d'où il serait résulté que l'ecclésiastique était son père naturel. On ne le crut pas ; car l'idée ne vint jamais à personne que l'abbé Vilbois, peut-être, avait pu se couper la gorge.

Le prévenu, à bout d'arguments, appela le témoignage d'un honorable sénateur, M. le comte de Pravallon. Mais les renseignements fournis par ce témoin sur les antécédents de l'accusé furent si déplorables qu'ils déterminèrent sa condamnation.

Il fut guillotiné en place publique.

1. Publié dans *L'Écho de Paris* en février 1890.

Comme c'était simple, et bon, et difficile de vivre ainsi, entre le bureau à Paris et la rivière à Argenteuil. Ma grande, ma seule, mon absorbante passion, pendant dix ans, ce fut la Seine. Ah! la belle, calme, variée, et puante rivière pleine de mirages et d'immondices. Je l'ai tant aimée, je crois, parce qu'elle m'a donné, me semble-t-il, le sens de la vie. Ah! les promenades le long des berges fleuries, mes amies les grenouilles qui rêvaient, le ventre au frais, sur une feuille de nénuphar et les lis d'eau coquets et frêles, au milieu des grandes herbes fines qui m'ouvraient soudain derrière un saule, un feuillet d'album japonais quand le martin-pêcheur fuyait devant moi comme une flamme bleue! Ai-je aimé tout cela, d'un amour instinctif des yeux qui se répandait dans tout mon corps en une joie naturelle et profonde!

Comme d'autres ont des souvenirs de nuits tendres, j'ai des souvenirs de levers de soleil dans les brumes matinales, flottantes, errantes vapeurs, blanches comme des mortes avant l'aurore, puis, au premier rayon glissant sur les prairies, illuminées de rose à ravir le cœur; et j'ai des souvenirs de lune argentant l'eau frémissante et courante, d'une lueur qui faisait fleurir tous les rêves.

Et tout cela, symbole de l'éternelle illusion, naissait pour moi sur de l'eau croupie qui charriait vers la mer toutes les ordures de Paris.

Puis quelle vie gaie avec les camarades. Nous étions cinq[1], une bande, aujourd'hui des hommes graves; et comme nous étions tous pauvres, nous avions fondé, dans une affreuse gargote d'Argenteuil, une colonie inexprimable qui ne possédait qu'une chambre-dortoir où j'ai passé les plus folles soirées, certes, de mon existence. Nous n'avions souci de rien, que de nous amuser et de ramer, car l'aviron pour nous, sauf pour un, était un culte. Je me rappelle de si singulières aventures, de si invraisemblables farces, inventées par ces cinq chenapans, que personne aujourd'hui ne les pourrait croire. On ne vit plus ainsi, même sur la Seine, car la fantaisie

---

1. *Cf.* toutes les indications apportées ici même dans notre préface.

enragée qui nous tenait en haleine est morte dans
les âmes actuelles.

À nous cinq nous possédions un seul bateau,
acheté à grand'peine et sur lequel nous avons ri
comme nous ne rirons plus jamais. C'était une large
yole un peu lourde, mais solide, spacieuse et confortable. Je ne vous ferai point le portrait de mes
camarades. Il y en avait un petit, très malin, surnommé « Petit-Bleu » ; un grand, à l'air sauvage, avec
des yeux gris et des cheveux noirs, surnommé
« Tomahawk » ; un autre, spirituel et paresseux, surnommé « La Tôque », le seul qui ne touchât jamais
une rame sous prétexte qu'il ferait chavirer le bateau ;
un mince, élégant, très soigné, surnommé
« N'a-qu'un-Œil » en souvenir d'un roman alors récent
de Cladel[1], et parce qu'il portait un monocle ; enfin
moi qu'on avait baptisé « Joseph Prunier[2] ». Nous
vivions en parfaite intelligence avec le seul regret
de n'avoir pas une barreuse. Une femme, c'est indispensable dans un canot. Indispensable parce que ça
tient l'esprit et le cœur en éveil, parce que ça anime,
ça amuse, ça distrait, ça pimente et ça fait décor
avec une ombrelle rouge glissant sur les berges
vertes. Mais il ne nous fallait pas une barreuse
ordinaire, à nous cinq qui ne ressemblions guère à
tout le monde. Il nous fallait quelque chose
d'imprévu, de drôle, de prêt à tout, de presque
introuvable, enfin. Nous en avions essayé beaucoup
sans succès, des filles de barre, pas des barreuses,
canotières imbéciles qui préféraient toujours le petit
vin qui grise, à l'eau qui coule et qui porte les yoles.
On les gardait un dimanche, puis on les congédiait
avec dégoût.

Or, voilà qu'un samedi soir, N'a-qu'un-Œil nous
amena une petite créature fluette, vive, sautillante,
blagueuse et pleine de drôlerie, de cette drôlerie qui
tient lieu d'esprit aux titis mâles et femelles éclos
sur le pavé de Paris. Elle était gentille, pas jolie,
une ébauche de femme où il y avait de tout, une

---

1. *N'a-qu'un-Œil*, roman de Léon Cladel paru en 1882.
2. Rappelons que c'est sous le pseudonyme de Joseph Prunier que
Maupassant publiait son premier conte, *La Main d'écorché*, en 1875,
comme il signe *Mouche* du même pseudonyme dans *L'Écho de Paris*.

de ces silhouettes que les dessinateurs crayonnent en trois traits sur une nappe de café après dîner entre un verre d'eau-de-vie et une cigarette. La nature en fait quelquefois comme ça.

Le premier soir, elle nous étonna, nous amusa, et nous laissa sans opinion tant elle était inattendue. Tombée dans ce nid d'hommes prêts à toutes les folies, elle fut bien vite maîtresse de la situation, et dès le lendemain elle nous avait conquis.

Elle était d'ailleurs tout à fait toquée, née avec un verre d'absinthe dans le ventre, que sa mère avait dû boire au moment d'accoucher, et elle ne s'était jamais dégrisée depuis, car sa nourrice, disait-elle, se refaisait le sang à coups de tafia[1]; et elle-même n'appelait jamais autrement que «ma sainte famille[2]» toutes les bouteilles alignées derrière le comptoir des marchands de vin.

Je ne sais lequel de nous la baptisa «Mouche» ni pourquoi ce nom lui fut donné, mais il lui allait bien, et lui resta. Et notre yole, qui s'appelait *Feuille-à-l'Envers*, fit flotter chaque semaine, sur la Seine, entre Asnières et Maisons-Laffitte, cinq gars, joyeux et robustes, gouvernés, sous un parasol de papier peint, par une vive et écervelée personne qui nous traitait comme des esclaves chargés de la promener sur l'eau, et que nous aimions beaucoup.

Nous l'aimions tous beaucoup, pour mille raisons d'abord, pour une seule ensuite. Elle était, à l'arrière de notre embarcation, une espèce de petit moulin à paroles, jacassant au vent qui filait sur l'eau. Elle bavardait sans fin, avec le léger bruit continu de ces mécaniques ailées qui tournent dans la brise; et elle disait étourdiment les choses les plus inattendues, les plus cocasses, les plus stupéfiantes. Il y avait dans cet esprit, dont toutes les parties semblaient disparates à la façon de loques de toute nature et de toute couleur, non pas cousues ensemble, mais seulement faufilées, de la fantaisie

---

1. Eau-de-vie fabriquée avec les mélasses de canne à sucre, version commune du rhum. Un air de piraterie traverse ainsi la Seine, après l'absinthe de l'assommoir.

2. C'est aussi une autre sorte de «sainte famille» que forment Mouche et ses cinq canotiers : à la conception immaculée s'oppose ici la conception communautaire.

comme dans un conte de fées, de la gauloiserie, de
l'impudeur, de l'impudence, de l'imprévu, du
comique, et de l'air, de l'air et du paysage comme
dans un voyage en ballon.

On lui posait des questions pour provoquer des
réponses trouvées on ne sait où. Celle dont on la
harcelait le plus souvent était celle-ci :

« Pourquoi t'appelle-t-on Mouche ? »

Elle découvrait des raisons tellement invraisemblables que nous cessions de nager pour en rire.

Elle nous plaisait aussi, comme femme ; et La
Tôque, qui ne ramait jamais et qui demeurait tout
le long des jours assis à côté d'elle au fauteuil de
barre, répondit une fois à la demande ordinaire :

« Pourquoi t'appelle-t-on Mouche ?

– Parce que c'est une petite cantharide ! »

Oui, une petite cantharide[1] bourdonnante et enfiévrante, non pas la classique cantharide empoison-
neuse, brillante et mantelée, mais une petite cantharide aux ailes rousses qui commençait à troubler
étrangement l'équipage entier de la *Feuille-à-l'Envers*.

Que de plaisanteries stupides, encore, sur cette
feuille où s'était arrêtée cette Mouche.

N'a-qu'un-Œil, depuis l'arrivée de Mouche dans le
bateau, avait pris au milieu de nous un rôle pré-
pondérant, supérieur, le rôle d'un monsieur qui a
une femme à côté de quatre autres qui n'en ont
pas. Il abusait de ce privilège au point de nous
exaspérer parfois en embrassant Mouche devant
nous, en l'asseyant sur ses genoux à la fin des repas
et par beaucoup d'autres prérogatives humiliantes
autant qu'irritantes.

On les avait isolés dans le dortoir par un rideau.

Mais je m'aperçus bientôt que mes compagnons
et moi devions faire au fond de nos cerveaux de
solitaires le même raisonnement : « Pourquoi, en
vertu de quelle loi d'exception, de quel principe
inacceptable, Mouche, qui ne paraissait gênée par
aucun préjugé, serait-elle fidèle à son amant, alors

---

1. Coléoptère de couleur vert métallique appelé aussi mouche
d'Espagne. La cantharide est surtout connue comme une préparation
aphrodisiaque. Elle est supposée posséder également des vertus abortives.

que les femmes du meilleur monde ne le sont pas
à leurs maris ? »

Notre réflexion était juste. Nous en fûmes bientôt
convaincus. Nous aurions dû seulement la faire plus
tôt pour n'avoir pas à regretter le temps perdu.
Mouche trompa N'a-qu'un-Œil avec tous les autres
matelots de la *Feuille-à-l'Envers*.

Elle le trompa sans difficulté, sans résistance, à
la première prière de chacun de nous.

Mon Dieu, les gens pudiques vont s'indigner beaucoup ! Pourquoi ? Quelle est la courtisane en vogue
qui n'a pas une douzaine d'amants, et quel est celui
de ces amants assez bête pour l'ignorer ? La mode
n'est-elle pas d'avoir un soir chez une femme célèbre
et cotée, comme on a un soir à l'Opéra, au Français
ou à l'Odéon, depuis qu'on y joue les demi-classi-
ques ? On se met à dix pour entretenir une cocotte
qui fait de son temps une distribution difficile,
comme on se met à dix pour posséder un cheval
de course que monte seulement un jockey, véritable
image de l'amant de cœur.

On laissait par délicatesse Mouche à N'a-qu'un-
Œil, du samedi soir au lundi matin. Les jours de
navigation étaient à lui. Nous ne le trompions qu'en
semaine, à Paris, loin de la Seine, ce qui, pour des
canotiers comme nous, n'était presque plus tromper.

La situation avait ceci de particulier, que les quatre
maraudeurs des faveurs de Mouche n'ignoraient
point ce partage, qu'ils en parlaient entre eux, et
même avec elle, par allusions voilées qui la faisaient
beaucoup rire. Seul, N'a-qu'un-Œil semblait tout
ignorer ; et cette position spéciale faisait naître une
gêne entre lui et nous, paraissait le mettre à l'écart,
l'isoler, élever une barrière à travers notre ancienne
confiance et notre ancienne intimité. Cela lui donnait
pour nous un rôle difficile, un peu ridicule, un rôle
d'amant trompé, presque de mari.

Comme il était fort intelligent, doué d'un esprit
spécial de pince-sans-rire, nous nous demandions
quelquefois, avec une certaine inquiétude, s'il ne se
doutait de rien.

Il eut soin de nous renseigner, d'une façon pénible
pour nous. On allait déjeuner à Bougival, et nous

ramions avec vigueur, quand La Tôque qui avait, ce matin-là, une allure triomphante d'homme satisfait et qui, assis côte à côte avec la barreuse, semblait se serrer contre elle un peu trop librement à notre avis, arrêta la nage en criant : « Stop ! »

Les huit avirons sortirent de l'eau.

Alors, se tournant vers sa voisine, il demanda : « Pourquoi t'appelle-t-on Mouche ? »

Avant qu'elle eût pu répondre, la voix de N'a-qu'un-Œil, assis à l'avant, articula d'un ton sec :

« Parce qu'elle se pose sur toutes les charognes. »

Il y eut d'abord un grand silence, une gêne, que suivit une envie de rire. Mouche elle-même demeurait interdite.

Alors, La Tôque commanda :

« Avant partout. »

Le bateau se remit en route.

L'incident était clos, la lumière faite.

Cette petite aventure ne changea rien à nos habitudes. Elle rétablit seulement la cordialité entre N'a-qu'un-Œil et nous. Il redevint le propriétaire honoré de Mouche, du samedi soir au lundi matin, sa supériorité sur nous tous ayant été bien établie par cette définition, qui clôtura d'ailleurs l'ère des questions sur le mot « Mouche ». Nous nous contentâmes à l'avenir du rôle secondaire d'amis reconnaissants et attentionnés qui profitaient discrètement des jours de la semaine sans contestation d'aucune sorte entre nous.

Cela marcha très bien pendant trois mois environ. Mais voilà que tout à coup Mouche prit, vis-à-vis de nous tous, des attitudes bizarres. Elle était moins gaie, nerveuse, inquiète, presque irritable. On lui demandait sans cesse :

« Qu'est-ce que tu as ? »

Elle répondait :

« Rien. Laisse-moi tranquille. »

La révélation nous fut faite par N'a-qu'un-Œil, un samedi soir. Nous venions de nous mettre à table dans la petite salle à manger que notre gargotier Barbichon nous réservait dans sa guinguette[1], et, le

_____

1. La guinguette, café populaire où l'on danse, le plus souvent en plein air – dans la verdure, au bord de l'eau –, prendra de plus en plus

potage fini, on attendait la friture quand notre ami, qui paraissait aussi soucieux, prit d'abord la main de Mouche et ensuite parla :

« Mes chers camarades, dit-il, j'ai une communication des plus graves à vous faire et qui va peut-être amener de longues discussions. Nous aurons le temps d'ailleurs de raisonner entre les plats.

« Cette pauvre Mouche m'a annoncé une désastreuse nouvelle dont elle m'a chargé en même temps de vous faire part.

« Elle est enceinte.

« Je n'ajoute que deux mots :

« Ce n'est pas le moment de l'abandonner et la recherche de la paternité est interdite. »

Il y eut d'abord de la stupeur, la sensation d'un désastre, et nous nous regardions les uns les autres avec l'envie d'accuser quelqu'un. Mais lequel ? Ah ! lequel ? Jamais je n'avais senti comme en ce moment la perfidie de cette cruelle farce de la nature qui ne permet jamais à un homme de savoir d'une façon certaine s'il est le père de son enfant.

Puis peu à peu une espèce de consolation nous vint et nous réconforta, née au contraire d'un sentiment confus de solidarité.

Tomahawk, qui ne parlait guère, formula ce début de rassérénement par ces mots :

« Ma foi, tant pis, l'union fait la force. »

Les goujons entraient apportés par un marmiton. On ne se jetait pas dessus, comme toujours, car on avait tout de même l'esprit troublé.

N'a-qu'un-Œil reprit :

« Elle a eu, en cette circonstance, la délicatesse de me faire des aveux complets. Mes amis, nous sommes tous également coupables. Donnons-nous la main et adoptons l'enfant. »

---

d'importance dans l'imaginaire populaire, pendant la Belle Époque, sous le Front populaire : c'est ainsi qu'en 1936, Julien Duvivier montre, dans *La Belle Équipe*, un petit groupe de chômeurs qui, ayant gagné à la loterie, montent, sous la forme d'une coopérative ouvrière, une guinguette dans la banlieue parisienne (sur un scénario de C. Spaak, avec Aimos, J. Gabin, C. Vanel, V. Romance). Contrairement à Mouche, partagée par tous, qui resserre les liens dans l'euphorie collective, dans le film de Duvivier l'irruption de la femme au sein de la Belle Équipe sème la désunion.

La décision fut prise à l'unanimité. On leva les bras vers le plat de poissons frits et on jura.

« Nous l'adoptons. »

Alors, sauvée tout d'un coup, délivrée du poids horrible d'inquiétude qui torturait depuis un mois cette gentille et détraquée pauvresse de l'amour, Mouche s'écria :

« Oh ! mes amis ! mes amis ! Vous êtes de braves cœurs... de braves cœurs... de braves cœurs... Merci tous ! » Et elle pleura, pour la première fois, devant nous.

Désormais on parla de l'enfant dans le bateau comme s'il était né déjà, et chacun de nous s'intéressait, avec une sollicitude de participation exagérée, au développement lent et régulier de la taille de notre barreuse.

On cessait de ramer pour demander :

« Mouche ? »

Elle répondait :

« Présente.

– Garçon ou fille ?

– Garçon.

– Que deviendra-t-il ? »

Alors elle donnait essor à son imagination de la façon la plus fantastique. C'étaient des récits interminables, des inventions stupéfiantes, depuis le jour de la naissance jusqu'au triomphe définitif. Il fut tout, cet enfant, dans le rêve naïf, passionné et attendrissant de cette extraordinaire petite créature, qui vivait maintenant, chaste entre nous cinq, qu'elle appelait ses « cinq papas[1] ». Elle le vit et le raconta marin, découvrant un nouveau monde plus grand que l'Amérique, général rendant à la France l'Alsace et la Lorraine, puis empereur et fondant une dynastie de souverains généreux et sages qui donnaient à notre patrie le bonheur définitif, puis savant dévoilant d'abord le secret de la fabrication de l'or, ensuite

---

1. Il faut rappeler ici *La Cousine Bette* de Balzac, et la manière dont Valérie Marneffe persuade séparément, à l'insu l'un de l'autre, chacun de ses quatre amants qu'il est le père de l'enfant qu'elle porte, formant ainsi – avec le sieur Marneffe – les Cinq Pères de son Église... Esprit républicain, phalanstère à ciel ouvert dans *Mouche* ; manœuvres secrètes, adultère et négociation, tout le doigté de la très habile parisienne dans *La Cousine Bette*.

celui de la vie éternelle, puis aéronaute[1] inventant
le moyen d'aller visiter les astres et faisant du ciel
infini une immense promenade pour les hommes,
réalisation de tous les songes les plus imprévus, et
les plus magnifiques.

Dieu, fut-elle gentille et amusante, la pauvre petite,
jusqu'à la fin de l'été !

Ce fut le vingt septembre que creva son rêve. Nous
revenions de déjeuner à Maisons-Laffitte et nous
passions devant Saint-Germain, quand elle eut soif
et nous demanda de nous arrêter au Pecq.

Depuis quelque temps elle devenait lourde et cela
l'ennuyait beaucoup. Elle ne pouvait plus gambader
comme autrefois, ni bondir du bateau sur la berge,
ainsi qu'elle avait coutume de le faire. Elle essayait
encore, malgré nos cris et nos efforts, et vingt fois,
sans nos bras tendus pour la saisir, elle serait tombée.

Ce jour-là, elle eut l'imprudence de vouloir débar-
quer avant que le bateau fût arrêté, par une de ces
bravades où se tuent parfois les athlètes malades
ou fatigués.

Juste au moment où nous allions accoster, sans qu'on
pût prévoir ou prévenir son mouvement, elle se dressa,
prit son élan et essaya de sauter sur le quai.

Trop faible, elle ne toucha que du bout du pied
le bord de la pierre, glissa, heurta de tout son ventre
l'angle aigu, poussa un grand cri et disparut dans
l'eau.

Nous plongeâmes tous les cinq en même temps
pour ramener un pauvre être défaillant, pâle comme
une morte et qui souffrait déjà d'atroces douleurs.

Il fallut la porter bien vite dans l'auberge la plus
voisine, où un médecin fut appelé.

Pendant dix heures que dura la fausse couche elle
supporta avec un courage d'héroïne d'abominables
tortures. Nous nous désolions autour d'elle, enfiévrés
d'angoisse et de peur.

Puis on la délivra d'un enfant mort ; et pendant
quelques jours encore nous eûmes pour sa vie les
plus grandes craintes.

Le docteur, enfin, nous dit un matin : « Je crois

---

1. C'est toute la nouvelle qui exprime un rêve d'envol présent chez
Maupassant : fuite de la Terre, ascension, diffusion dans l'air.

qu'elle est sauvée. Elle est en acier, cette fille. » Et nous entrâmes dans sa chambre, le cœur radieux.

N'a-qu'un-Œil, parlant pour tous, lui dit :

« Plus de danger, petite Mouche, nous sommes bien contents. »

Alors, pour la seconde fois, elle pleura devant nous, et, les yeux sous une glace de larmes, elle balbutia :

« Oh ! si vous saviez, si vous saviez... quel chagrin... quel chagrin... je ne me consolerai jamais.

— De quoi donc, petite Mouche ?

— De l'avoir tué, car je l'ai tué ! oh ! sans le vouloir ! quel chagrin !... »

Elle sanglotait. Nous l'entourions, émus, ne sachant quoi lui dire.

Elle reprit :

« Vous l'avez vu, vous ? »

Nous répondîmes, d'une seule voix :

« Oui.

— C'était un garçon, n'est-ce pas ?

— Oui.

— Beau, n'est-ce pas ? »

On hésita beaucoup. Petit-Bleu, le moins scrupuleux, se décida à affirmer :

« Très beau. »

Il eut tort, car elle se mit à gémir, presque à hurler de désespoir.

Alors, N'a-qu'un-Œil, qui l'aimait peut-être le plus, eut pour la calmer une invention géniale, et baisant ses yeux ternis par les pleurs :

« Console-toi, petite Mouche, console-toi, nous t'en ferons un autre. »

Le sens comique qu'elle avait dans les moelles se réveilla tout à coup, et à moitié convaincue, à moitié gouailleuse, toute larmoyante encore et le cœur crispé de peine, elle demanda, en nous regardant tous :

« Bien vrai ? »

Et nous répondîmes ensemble :

« Bien vrai. »

LE NOYÉ[1]

I

Tout le monde, dans Fécamp, connaissait l'histoire de la mère Patin. Certes, elle n'avait pas été heureuse avec son homme, la mère Patin ; car son homme la battait de son vivant, comme on bat le blé dans les granges.

Il était patron d'une barque de pêche, et l'avait épousée, jadis, parce qu'elle était gentille, quoiqu'elle fût pauvre.

Patin, bon matelot, mais brutal, fréquentait le cabaret du père Auban, où il buvait aux jours ordinaires, quatre ou cinq petits verres de fil et, aux jours de chance à la mer, huit ou dix, et même plus, suivant sa gaieté de cœur, disait-il.

Le fil[2] était servi aux clients par la fille au père Auban, une brune plaisante à voir et qui attirait le monde à la maison par sa bonne mine seulement, car on n'avait jamais jasé sur elle.

Patin, quand il entrait au cabaret, était content de la regarder et lui tenait des propos de politesse, des propos tranquilles d'honnête garçon. Quand il avait bu le premier verre de fil, il la trouvait déjà plus gentille ; au second, il clignait de l'œil ; au troisième, il disait : « Si vous vouliez, mam'zelle Désirée... » sans jamais finir sa phrase ; au quatrième, il essayait de la retenir par sa jupe pour l'embrasser ;

---

1. Paru en août 1888 dans *Le Gaulois*.
2. Eau-de-vie produite en Normandie à partir du marc de raisin. De *fil* en *fil*, comme de fil en aiguille, Patin tombe dans les *filets* de la *fille* Auban.

et, quand il allait jusqu'à dix, c'était le père Auban qui servait les autres.

Le vieux chand de vin, qui connaissait tous les trucs, faisait circuler Désirée entre les tables, pour activer la consommation ; et Désirée, qui n'était pas pour rien la fille au père Auban, promenait sa jupe autour des buveurs, et plaisantait avec eux, la bouche rieuse et l'œil malin.

À force de boire des verres de fil, Patin s'habitua si bien à la figure de Désirée qu'il y pensait même à la mer, quand il jetait ses filets à l'eau, au grand large, par les nuits de vent ou les nuits de calme, par les nuits de lune ou les nuits de ténèbres. Il y pensait en tenant sa barre, à l'arrière de son bateau, tandis que ses quatre compagnons sommeillaient, la tête sur leur bras. Il la voyait toujours lui sourire, verser l'eau-de-vie jaune avec un mouvement de l'épaule, et puis s'en aller en disant :

« Voilà ! Êtes-vous satisfait ? »

Et, à force de la garder ainsi dans son œil et dans son esprit, il fut pris d'une telle envie de l'épouser, que, n'y pouvant plus tenir, il la demanda en mariage.

Il était riche, propriétaire de son embarcation, de ses filets et d'une maison au pied de la côte sur la Retenue[1] ; tandis que le père Auban n'avait rien. Il fut donc agréé avec empressement, et la noce eut lieu le plus vite possible, les deux parties ayant hâte que la chose fût faite, pour des raisons différentes.

Mais, trois jours après le mariage conclu, Patin ne comprenait plus du tout comment il avait pu croire Désirée différente des autres femmes. Vrai, fallait-il qu'il eût été bête pour s'embarrasser d'une sans-le-sou qui l'avait enjôlé avec sa fine, pour sûr, de la fine où elle avait mis, pour lui, quelque sale drogue.

Et il jurait tout le long des marées, cassait sa pipe entre ses dents, bourrait son équipage ; et, ayant sacré à pleine bouche avec tous les termes usités et

---

1. Dans *La Maison Tellier*, la nouvelle qui ouvre le premier de ses recueils de contes, Maupassant évoque la Retenue. D'une maison à l'autre, du premier au dernier de ses recueils, l'œuvre effectue à sa manière l'expérience du retour.

contre tout ce qu'il connaissait, il expectorait ce qui lui restait de colère au ventre sur les poissons et les homards tirés un à un des filets, et ne les jetait plus dans les mannes qu'en les accompagnant d'injures et de termes malpropres.

Puis, rentré chez lui, ayant à portée de la bouche et de la main sa femme, la fille au père Auban, il ne tarda guère à la traiter comme la dernière des dernières. Puis, comme elle l'écoutait résignée, accoutumée aux violences paternelles, il s'exaspéra de son calme ; et, un soir, il cogna. Ce fut alors, chez lui, une vie terrible.

Pendant dix ans on ne parla sur la Retenue que des tripotées que Patin flanquait à sa femme et que de sa manière de jurer, à tout propos, en lui parlant. Il jurait, en effet, d'une façon particulière, avec une richesse de vocabulaire et une sonorité d'organe qu'aucun autre homme, dans Fécamp, ne possédait. Dès que son bateau se présentait à l'entrée du port, en revenant de la pêche, on attendait la première bordée qu'il allait lancer, de son pont sur la jetée, dès qu'il aurait aperçu le bonnet blanc de sa compagne.

Debout, à l'arrière, il manœuvrait, l'œil sur l'avant et sur la voile, aux jours de grosse mer, et malgré la préoccupation du passage étroit et difficile, malgré les vagues de fond qui entraient comme des montagnes dans l'étroit couloir, il cherchait, au milieu des femmes attendant les marins, sous l'écume des lames, à reconnaître la sienne, la fille au père Auban, la gueuse !

Alors, dès qu'il l'avait vue, malgré le bruit des flots et du vent, il lui jetait une engueulade avec une telle force de gosier, que tout le monde en riait, bien qu'on la plaignît fort. Puis, quand le bateau arrivait à quai, il avait une manière de décharger son lest de politesse, comme il disait, tout en débarquant son poisson, qui attirait autour de ses amarres tous les polissons et tous les désœuvrés du port[1].

---

1. Le patron pêcheur quitte son « bord » pour la « bordée » d'injures. La « gueuse » appelle l'« engueulade ». « Politesse » et « poisson » s'achèvent en « polissons » : les mots *roulent* dans le texte à la manière dont Patin enchaîne lui-même ses « gros mots ».

Cela lui sortait de la bouche, tantôt comme des coups de canon, terribles et courts, tantôt comme des coups de tonnerre qui roulaient durant cinq minutes un tel ouragan de gros mots, qu'il semblait avoir dans les poumons tous les orages du Père Éternel.

Puis, quand il avait quitté son bord et qu'il se trouvait face à face avec elle au milieu des curieux et des harengères, il repêchait à fond de cale toute une cargaison nouvelle d'injures et de duretés, et il la reconduisait ainsi jusqu'à leur logis, elle devant, lui derrière, elle pleurant, lui criant.

Alors, seul avec elle, les portes fermées, il tapait sous le moindre prétexte. Tout lui suffisait pour lever la main et, dès qu'il avait commencé, il ne s'arrêtait plus, en lui crachant alors au visage les vrais motifs de sa haine. À chaque gifle, à chaque horion il vociférait : « Ah ! sans-le-sou, ah ! va-nu-pieds, ah ! crève-la-faim, j'en ai fait un joli coup le jour où je me suis rincé la bouche avec le tord-boyaux de ton filou de père ! »

Elle vivait, maintenant, la pauvre femme, dans une épouvante incessante, dans un tremblement continu de l'âme et du corps, dans une attente éperdue des outrages et des rossées.

Et cela dura dix ans. Elle était si craintive qu'elle pâlissait en parlant à n'importe qui, et qu'elle ne pensait plus à rien qu'aux coups dont elle était menacée, et qu'elle était devenue plus maigre, jaune et sèche qu'un poisson fumé.

II

Une nuit, son homme étant à la mer, elle fut réveillée tout à coup par ce grognement de bête que fait le vent quand il arrive ainsi qu'un chien lâché ! Elle s'assit dans son lit, émue, puis, n'entendant plus rien, se recoucha ; mais, presque aussitôt, ce fut dans sa cheminée un mugissement qui secouait la maison tout entière, et cela s'étendit par tout le ciel comme si un troupeau d'animaux furieux eût traversé l'espace en soufflant et en beuglant.

Alors elle se leva et courut au port. D'autres femmes y arrivaient de tous les côtés avec des lanternes. Les hommes accouraient et tous regardaient s'allumer dans la nuit, sur la mer, les écumes au sommet des vagues.

La tempête dura quinze heures. Onze matelots ne revinrent pas, et Patin fut de ceux-là.

On retrouva, du côté de Dieppe, des débris de la *Jeune-Amélie*, sa barque. On ramassa, vers Saint-Valéry, les corps de ses matelots, mais on ne découvrit jamais le sien. Comme la coque de l'embarcation semblait avoir été coupée en deux, sa femme, pendant longtemps, attendit et redouta son retour; car, si un abordage avait eu lieu, il se pouvait faire que le bâtiment abordeur l'eût recueilli, lui seul, et emmené au loin.

Puis, peu à peu, elle s'habitua à la pensée qu'elle était veuve, tout en tressaillant chaque fois qu'une voisine, qu'un pauvre ou qu'un marchand ambulant entrait brusquement chez elle.

Or, un après-midi, quatre ans environ après la disparition de son homme, elle s'arrêta, en suivant la rue aux Juifs, devant la maison d'un vieux capitaine, mort récemment, et dont on vendait les meubles.

Juste en ce moment, on adjugeait un perroquet, un perroquet vert à tête bleue, qui regardait tout ce monde d'un air mécontent et inquiet.

«Trois francs! criait le vendeur; un oiseau qui parle comme un avocat, trois francs!»

Une amie de la Patin lui poussa le coude :

«Vous devriez acheter ça, vous qu'êtes riche, dit-elle. Ça vous tiendrait compagnie; il vaut plus de trente francs, c't' oiseau-là. Vous le revendrez toujours ben vingt à vingt-cinq!

– Quatre francs! mesdames, quatre francs! répétait l'homme. Il chante vêpres et prêche comme M. le Curé. C'est un phénomène... un miracle!»

La Patin ajouta cinquante centimes, et on lui remit, dans une petite cage, la bête au nez crochu, qu'elle emporta.

Puis elle l'installa chez elle et, comme elle ouvrait la porte de fil de fer pour offrir à boire à l'animal, elle reçut, sur le doigt, un coup de bec qui coupa la peau et fit venir le sang.

« Ah ! qu'il est mauvais », dit-elle.

Elle lui présenta cependant du chènevis et du maïs, puis le laissa lisser ses plumes en guettant d'un air sournois sa nouvelle maison et sa nouvelle maîtresse.

Le jour commençait à poindre, le lendemain, quand la Patin entendit, de la façon la plus nette, une voix, une voix forte, sonore, roulante, la voix de Patin, qui criait :

« Te lèveras-tu, charogne ! »

Son épouvante fut telle qu'elle se cacha la tête sous ses draps, car, chaque matin, jadis, dès qu'il avait ouvert les yeux, son défunt les lui hurlait dans l'oreille, ces quatre mots qu'elle connaissait bien.

Tremblante, roulée en boule, le dos tendu à la rossée qu'elle attendait déjà, elle murmurait, la figure cachée dans la couche :

« Dieu Seigneur, le v'là ! Dieu Seigneur, le v'là ! Il est r'venu, Dieu Seigneur[1] ! »

Les minutes passaient ; aucun bruit ne troublait plus le silence de la chambre. Alors, en frémissant, elle sortit sa tête du lit, sûre qu'il était là, guettant, prêt à battre.

Elle ne vit rien, rien qu'un trait de soleil passant par la vitre et elle pensa :

« Il est caché, pour sûr. »

Elle attendit longtemps, puis, un peu rassurée, songea :

« Faut croire que j'ai rêvé, p'isqu'il n' se montre point. »

Elle refermait les yeux, un peu rassurée, quand éclata, tout près, la voix furieuse, la voix de tonnerre du noyé qui vociférait :

---

1. C'est, en effet, comme à l'appel d'un seigneur et maître, d'un Dieu tout-puissant qu'obéit ici Désirée, son humble esclave, animalisée par la terreur.

Comment ne pas comparer le traitement respectif que Félicité (dans *Un cœur simple*) et Désirée réservent à leur perroquet... Derrière le noyé c'est le perroquet qui revient, comme une nouvelle variation sur le souvenir de Flaubert – et son gueuloir – qui hante Maupassant.

« Nom d'un nom, d'un nom, d'un nom, d'un nom, te lèveras-tu, ch... »

Elle bondit hors du lit, soulevée par l'obéissance, par sa passive obéissance de femme rouée de coups, qui se souvient encore, après quatre ans, et qui se souviendra toujours, et qui obéira toujours à cette voix-là ! Et elle dit :

« Me v'là, Patin ; qué que tu veux ? »

Mais Patin ne répondit pas.

Alors, éperdue, elle regarda autour d'elle, puis elle chercha partout, dans les armoires, dans la cheminée, sous le lit, sans trouver personne, et elle se laissa choir enfin sur une chaise, affolée d'angoisse, convaincue que l'âme de Patin, seule, était là, près d'elle, revenue pour la torturer.

Soudain, elle se rappela le grenier, où on pouvait monter du dehors par une échelle. Assurément, il s'était caché là pour la surprendre. Il avait dû, gardé par des sauvages sur quelque côte, ne pouvoir s'échapper plus tôt, et il était revenu, plus méchant que jamais. Elle n'en pouvait douter, rien qu'au timbre de sa voix.

Elle demanda, la tête levée vers le plafond :

« T'es-ti là-haut, Patin ? »

Patin ne répondit pas.

Alors elle sortit et, avec une peur affreuse qui lui secouait le cœur, elle monta l'échelle, ouvrit la lucarne, regarda, ne vit rien, entra, chercha et ne trouva pas.

Assise sur une botte de paille, elle se mit à pleurer ; mais, pendant qu'elle sanglotait, traversée d'une terreur poignante et surnaturelle, elle entendit, dans sa chambre, au-dessous d'elle, Patin qui racontait des choses. Il semblait moins en colère, plus tranquille, et il disait :

« Sale temps ! – Gros vent ! – Sale temps ! – J'ai pas déjeuné, nom d'un nom ! »

Elle cria à travers le plafond :

« Me v'là, Patin ; j'vas te faire la soupe. Te fâche pas, j'arrive. »

Et elle redescendit en courant.

Il n'y avait personne chez elle.

Elle se sentit défaillir comme si la Mort la touchait,

et elle allait se sauver pour demander secours aux voisins, quand la voix, tout près de son oreille, cria :

« J'ai pas déjeuné, nom d'un nom ! »

Et le perroquet, dans sa cage, la regardait de son œil rond, sournois et mauvais.

Elle aussi, le regarda, éperdue, murmurant :

« Ah ! c'est toi ! »

Il reprit, en remuant sa tête :

« Attends, attends, attends, je vas t'apprendre à fainéanter ! »

Que se passa-t-il en elle ? Elle sentit, elle comprit que c'était bien lui, le mort, qui revenait, qui s'était caché dans les plumes de cette bête pour recommencer à la tourmenter, qu'il allait jurer, comme autrefois, tout le jour, et la mordre, et crier des injures pour ameuter les voisins et les faire rire. Alors elle se rua, ouvrit la cage, saisit l'oiseau qui, se défendant, lui arrachait la peau avec son bec et avec ses griffes. Mais elle le tenait de toute sa force, à deux mains, et, se jetant par terre, elle se roula dessus avec une frénésie de possédée, l'écrasa, en fit une loque de chair, une petite chose molle, verte, qui ne remuait plus, qui ne parlait plus, et qui pendait ; puis, l'ayant enveloppée d'un torchon comme d'un linceul, elle sortit, en chemise, nu-pieds, traversa le quai, que la mer battait de courtes vagues, et, secouant le linge, elle laissa tomber dans l'eau cette petite chose morte qui ressemblait à un peu d'herbe ; puis elle rentra, se jeta à genoux devant la cage vide, et, bouleversée de ce qu'elle avait fait, demanda pardon au bon Dieu, en sanglotant, comme si elle venait de commettre un horrible crime.

L'ÉPREUVE[1]

I

Un bon ménage, le ménage Bondel, bien qu'un peu guerroyant. On se querellait souvent, pour des causes futiles, puis on se réconciliait.

Ancien commerçant retiré des affaires après avoir amassé de quoi vivre selon ses goûts simples, Bondel avait loué à Saint-Germain un petit pavillon et s'était gîté là, avec sa femme.

C'était un homme calme, dont les idées, bien assises, se levaient difficilement. Il avait de l'instruction, lisait des journaux graves et appréciait cependant l'esprit gaulois. Doué de raison, de logique, de ce bon sens pratique qui est la qualité maîtresse de l'industrieux bourgeois français, il pensait peu, mais sûrement, et ne se décidait aux résolutions qu'après des considérations que son instinct lui révélait infaillibles.

C'était un homme de taille moyenne, grisonnant, à la physionomie distinguée.

Sa femme, pleine de qualités sérieuses, avait aussi quelques défauts. D'un caractère emporté, d'une franchise d'allures qui touchait à la violence, et d'un entêtement invincible, elle gardait contre les gens des rancunes inapaisables. Jolie autrefois, puis devenue trop grosse, trop rouge, elle passait encore,

_____

1. Paru dans *L'Écho de Paris*, en juillet 1889.
Louis Forestier fait judicieusement le rapprochement avec *L'Épreuve* de Marivaux. Cela tient chez Maupassant de la comédie de salon : le mari-plus-que-complaisant qui ramène lui-même l'amant à la maison. Tout le contraire des stratagèmes, des mises à l'épreuve heureuses qui ponctuent l'histoire du théâtre de Molière à Beaumarchais.

dans leur quartier, à Saint-Germain, pour une très
belle femme, qui représentait la santé avec un air
pas commode.

Leurs dissentiments, presque toujours, commençaient au déjeuner, au cours de quelque discussion
sans importance, puis jusqu'au soir, souvent jusqu'au
lendemain, ils demeuraient fâchés. Leur vie si simple,
si bornée, donnait de la gravité à leurs préoccu-
pations les plus légères, et tout sujet de conversation
devenait un sujet de dispute. Il n'en était pas ainsi
jadis, lorsqu'ils avaient des affaires qui les occu-
paient, qui mariaient leurs soucis, serraient leurs
cœurs, les enfermant et les retenant pris ensemble
dans le filet de l'association et de l'intérêt commun.

Mais à Saint-Germain on voyait moins de monde.
Il avait fallu refaire des connaissances, se créer, au
milieu d'étrangers, une existence nouvelle toute vide
d'occupations. Alors, la monotonie des heures
pareilles les avait un peu aigris l'un et l'autre; et le
bonheur tranquille, espéré, attendu avec l'aisance,
n'apparaissait pas.

Ils venaient de se mettre à table, par un matin
du mois de juin, quand Bondel demanda :

« Est-ce que tu connais les gens qui demeurent
dans ce petit pavillon rouge au bout de la rue du
Berceau ? »

Mme Bondel devait être mal levée. Elle répondit :

« Oui et non, je les connais, mais je ne tiens pas
à les connaître.

— Pourquoi donc ? Ils ont l'air très gentils.

— Parce que...

— J'ai rencontré le mari ce matin sur la terrasse[1]
et nous avons fait deux tours ensemble. »

Comprenant qu'il y avait du danger dans l'air,
Bondel ajouta :

« C'est lui qui m'a abordé et parlé le premier. »

La femme le regardait avec mécontentement. Elle
reprit :

« Tu aurais aussi bien fait de l'éviter.

— Mais pourquoi donc ?

— Parce qu'il y a des potins sur eux.

---

1. Il s'agit ici de la célèbre terrasse de Saint-Germain, longue promenade construite par Le Nôtre au XVIIe siècle.

« – Quels potins ?

– Quels potins ! Mon Dieu, des potins comme on en fait souvent. »

M. Bondel eut le tort d'être un peu vif.

« Ma chère amie, tu sais que j'ai horreur des potins. Il me suffit qu'on en fasse pour me rendre les gens sympathiques. Quant à ces personnes, je les trouve fort bien, moi. »

Elle demanda, rageuse :

« La femme aussi, peut-être ?

– Mon Dieu oui, la femme aussi, quoique je l'aie à peine aperçue. »

Et la discussion continua, s'envenimant lentement, acharnée sur le même sujet, par pénurie d'autres motifs.

Mme Bondel s'obstinait à ne pas dire quels potins couraient sur ces voisins, laissant entendre de vilaines choses, sans préciser. Bondel haussait les épaules, ricanait, exaspérait sa femme. Elle finit par crier :

« Eh bien ! ce monsieur est cornard, voilà ! »

Le mari répondit sans s'émouvoir :

« Je ne vois pas en quoi cela atteint l'honorabilité d'un homme ? »

Elle parut stupéfaite.

« Comment, tu ne vois pas ?... tu ne vois pas ?... elle est trop forte, en vérité... tu ne vois pas ? Mais c'est un scandale public ; il est taré à force d'être cornard ! »

Il répondit :

« Ah ! mais non ! Un homme serait taré parce qu'on le trompe, taré parce qu'on le trahit, taré parce qu'on le vole ?... Ah ! mais non. Je te l'accorde pour la femme, mais pas pour lui. »

Elle devenait furieuse.

« Pour lui comme pour elle. Ils sont tarés, c'est une honte publique. »

Bondel, très calme, demanda :

« D'abord, est-ce vrai ? Qui peut affirmer une chose pareille tant qu'il n'y a pas flagrant délit. »

Mme Bondel s'agitait sur son siège.

« Comment ? qui peut affirmer ? mais tout le monde ! tout le monde ! ça se voit comme les yeux dans le visage, une chose pareille. Tout le monde le sait, tout le monde le dit. Il n'y a pas à douter. C'est notoire comme une grande fête.»

Il ricanait.

«On a cru longtemps aussi que le soleil tournait autour de la terre et mille autres choses non moins notoires, qui étaient fausses. Cet homme adore sa femme; il en parle avec tendresse, avec vénération. Ça n'est pas vrai.»

Elle balbutia, trépignant :

«Avec ça qu'il le sait, cet imbécile, ce crétin, ce taré!»

Bondel ne se fâchait pas; il raisonnait[1].

«Pardon. Ce monsieur n'est pas bête. Il m'a paru au contraire fort intelligent et très fin; et tu ne me feras pas croire qu'un homme d'esprit ne s'aperçoive pas d'une chose pareille dans sa maison, quand les voisins, qui n'y sont pas, dans sa maison, n'ignorent aucun détail de cet adultère, car ils n'ignorent aucun détail, assurément.»

Mme Bondel eut un accès de gaieté rageuse qui irrita les nerfs de son mari.

«Ah! ah! ah! tous les mêmes, tous, tous! Avec ça qu'il y en a un seul au monde qui découvre cela, à moins qu'on ne lui mette le nez dessus.»

La discussion déviait. Elle partit à fond de train sur l'aveuglement des époux trompés dont il doutait et qu'elle affirmait avec des airs de mépris si personnels qu'il finit par se fâcher.

Alors, ce fut une querelle pleine d'emportement, où elle prit le parti des femmes, où il prit le parti des hommes.

Il eut la fatuité de déclarer :

«Eh bien moi, je te jure que si j'avais été trompé, je m'en serais aperçu, et tout de suite encore. Et je t'aurais fait passer ce goût-là, d'une telle façon, qu'il aurait fallu plus d'un médecin pour te remettre sur pied.»

Elle fut soulevée de colère et lui cria dans la figure :

---

1. Le mot achève le portrait, la condamnation du Bourgeois. Assurance, vanité de l'esprit fort, – que bientôt rongera le soupçon, l'intime malaise de la rumination et de l'angoisse.

« Toi ? toi ! Mais tu es aussi bête que les autres, entends-tu ! »

Il affirma de nouveau :

« Je te jure bien que non. »

Elle lâcha un rire d'une telle impertinence qu'il sentit un battement de cœur et un frisson sur sa peau.

Pour la troisième fois il dit :

« Moi, je l'aurais vu. »

Elle se leva, riant toujours de la même façon.

« Non, c'est trop », fit-elle.

Et elle sortit en tapant la porte.

II

Bondel resta seul, très mal à l'aise. Ce rire insolent, provocateur, l'avait touché comme un de ces aiguillons de mouche venimeuse dont on ne sent pas la première atteinte, mais dont la brûlure s'éveille bientôt et devient intolérable.

Il sortit, marcha, rêvassa. La solitude de sa vie nouvelle le poussait à penser tristement, à voir sombre. Le voisin qu'il avait rencontré le matin se trouva tout à coup devant lui. Ils se serrèrent la main et se mirent à causer. Après avoir touché divers sujets, ils en vinrent à parler de leurs femmes. L'un et l'autre semblaient avoir quelque chose à confier, quelque chose d'inexprimable, de vague, de pénible sur la nature même de cet être associé à leur vie : une femme.

Le voisin disait :

« Vrai, on croirait qu'elles ont parfois contre leur mari une sorte d'hostilité particulière, par cela seul qu'il est leur mari. Moi, j'aime ma femme. Je l'aime beaucoup, je l'apprécie et je la respecte ; eh bien ! elle a quelquefois l'air de montrer plus de confiance et d'abandon à nos amis qu'à moi-même. »

Bondel aussitôt pensa : « Ça y est, ma femme avait raison. »

Lorsqu'il eut quitté cet homme, il se remit à songer. Il sentait en son âme un mélange confus

de pensées contradictoires, une sorte de bouillon-
nement douloureux, et il gardait dans l'oreille le rire
impertinent, ce rire exaspéré qui semblait dire :
« Mais il en est de toi comme des autres, imbécile ! »
Certes, c'était là une bravade, une de ces impudentes
bravades de femmes qui osent tout, qui risquent
tout pour blesser, pour humilier l'homme contre
lequel elles sont irritées.

Donc ce pauvre monsieur devait être aussi un
mari trompé, comme tant d'autres. Il avait dit avec
tristesse : « Elle a quelquefois l'air de montrer plus
de confiance et d'abandon à nos amis qu'à moi-
même. » Voilà donc comment un mari, – cet aveugle
sentimental que la loi nomme un mari, – formulait
ses observations sur les attentions particulières de
sa femme pour un autre homme. C'était tout. Il
n'avait rien vu de plus. Il était pareil aux autres...
Aux autres !

Puis, comme sa propre femme, à lui, Bondel, avait
ri d'une façon bizarre : « Toi aussi..., toi aussi... »
Comme elles sont folles et imprudentes ces créatures
qui peuvent faire entrer de pareils soupçons dans
le cœur pour le seul plaisir de braver !

Il remontait leur vie commune, cherchant dans
leurs relations anciennes si elle avait jamais paru
montrer à quelqu'un plus de confiance et d'abandon
qu'à lui-même. Il n'avait jamais suspecté personne,
tant il était tranquille, sûr d'elle, confiant.

Mais oui, elle avait eu un ami, un ami intime,
qui pendant près d'un an vint dîner chez eux trois
fois par semaine, Tancret, ce bon Tancret, ce brave
Tancret, que lui, Bondel, aima comme un frère et
qu'il continuait à voir en cachette depuis que sa
femme s'était fâchée, il ne savait pourquoi, avec cet
aimable garçon.

Il s'arrêta, pour réfléchir, regardant le passé avec
des yeux inquiets. Puis une révolte surgit en lui
contre lui-même, contre cette honteuse insinuation
du moi défiant, du moi jaloux, du moi méchant que
nous portons tous. Il se blâma, il s'accusa, il s'injuria,
tout en se rappelant les visites, les allures de cet
ami que sa femme appréciait tant et qu'elle expulsa
sans raison sérieuse. Mais soudain d'autres souvenirs

lui vinrent, de ruptures pareilles dues au caractère
vindicatif de Mme Bondel qui ne pardonnait jamais
un froissement. Il rit alors franchement de lui-même,
du commencement d'angoisse qui l'avait étreint ; et,
se souvenant des mines haineuses de son épouse
quand il lui disait, le soir, en rentrant : «J'ai rencontré ce bon Tancret, il m'a demandé de tes nouvelles», il se rassura complètement.

Elle répondait toujours : «Quand tu verras ce
monsieur, tu peux lui dire que je le dispense de
s'occuper de moi.» Oh! de quel air irrité, de quel
air féroce elle prononçait ces paroles. Comme on
sentait bien qu'elle ne pardonnait pas, qu'elle ne
pardonnerait point... Et il avait pu soupçonner ?...
même une seconde ?... Dieu, quelle bêtise !

Pourtant, pourquoi s'était-elle fâchée ainsi ? Elle
n'avait jamais raconté le motif précis de cette brouille
et la raison de son ressentiment. Elle lui en voulait
bien fort ! bien fort ! Est-ce que ?... Mais non... mais
non... Et Bondel se déclara qu'il s'avilissait lui-même
en songeant à des choses pareilles.

Oui, il s'avilissait sans aucun doute, mais il ne
pouvait s'empêcher de songer à cela et il se demanda
avec terreur si cette idée entrée en lui n'allait pas
y demeurer, s'il n'avait pas là, dans le cœur, la larve
d'un long tourment. Il se connaissait ; il était homme
à ruminer autrefois ses opérations commerciales,
pendant les jours et les nuits, en pesant le pour et
le contre, interminablement.

Déjà il devenait agité, il marchait plus vite et
perdait son calme. On ne peut rien contre l'Idée.
Elle est imprenable, impossible à chasser, impossible
à tuer.

Et soudain un projet naquit en lui, hardi, si hardi
qu'il douta d'abord s'il l'exécuterait.

Chaque fois qu'il rencontrait Tancret, celui-ci
demandait des nouvelles de Mme Bondel ; et Bondel
répondait : «Elle est toujours un peu fâchée.» Rien
de plus, – Dieu... avait-il été assez mari lui-même !...
Peut-être !...

Donc il allait prendre le train pour Paris, se rendre
chez Tancret et le ramener avec lui, ce soir-là même,
en lui affirmant que la rancune inconnue de sa

femme était passée. Oui, mais quelle tête ferait
Mme Bondel!... quelle scène!... quelle fureur!...
quel scandale!... Tant pis, tant pis... ce serait la
vengeance du rire, et, en les voyant soudain en face
l'un de l'autre, sans qu'elle fût prévenue, il saurait
bien saisir sur les figures l'émotion de la vérité.

III

Il se rendit aussitôt à la gare, prit son billet,
monta dans un wagon et lorsqu'il se sentit emporté
par le train qui descendait la rampe du Pecq, il eut
un peu peur, une sorte de vertige devant ce qu'il
allait oser. Pour ne pas fléchir, reculer, revenir seul,
il s'efforça de n'y plus plenser, de se distraire sur
d'autres idées, de faire ce qu'il avait décidé avec
une résolution aveugle, et il se mit à chantonner
des airs d'opérette et de café-concert jusqu'à Paris
afin d'étourdir sa pensée.

Des envies de s'arrêter le saisirent aussitôt qu'il
eut devant lui les trottoirs qui allaient le conduire
à la rue de Tancret. Il flâna devant quelques boutiques, remarqua les prix de certains objets, s'inté-
ressa à des articles nouveaux, eut envie de boire un
bock, ce qui n'était guère dans ses habitudes, et en
approchant du logis de son ami, désira fort ne point
le rencontrer.

Mais Tancret était chez lui, seul, lisant. Il fut
surpris, se leva, s'écria :

«Ah! Bondel! Quelle chance!»

Et Bondel, embarrassé, répondit :

«Oui, mon cher, je suis venu faire quelques courses
à Paris et je suis monté pour vous serrer la main.

— Ça c'est gentil, gentil! D'autant plus que vous
aviez un peu perdu l'habitude d'entrer chez moi.

— Que voulez-vous, on subit malgré soi des
influences, et comme ma femme avait l'air de vous
en vouloir!...

— Bigre... avait l'air..., elle a fait mieux que cela,
puisqu'elle m'a mis à la porte.

« – Mais à propos de quoi ? Je ne l'ai jamais su, moi.

– Oh ! à propos de rien... d'une bêtise... d'une discussion où je n'étais pas de son avis.

– Mais à quel sujet cette discussion ?

– Sur une dame que vous connaissez peut-être de nom, Mme Boutin, une de mes amies.

– Ah ! vraiment... Eh bien, je crois qu'elle ne vous en veut plus, ma femme, car elle m'a parlé de vous, ce matin, en termes fort amicaux. »

Tancret eut un tressaillement, et parut tellement stupéfait que, pendant quelques instants, il ne trouva rien à dire. Puis il reprit :

« Elle vous a parlé de moi... en termes amicaux...

– Mais oui.

– Vous en êtes sûr ?

– Parbleu !... je ne rêve pas.

– Et puis ?...

– Et puis... comme je venais à Paris, j'ai cru vous faire plaisir en vous le disant.

– Mais oui... Mais oui... »

Bondel parut hésiter, puis, après un petit silence :
« J'avais même une idée... originale.

– Laquelle ?

– Vous ramener avec moi pour dîner à la maison. »

À cette proposition, Tancret, d'un naturel prudent, parut inquiet.

« Oh ! vous croyez ?... est-ce possible ?... ne nous exposons pas à... à... des histoires...

– Mais non... mais non.

– C'est que... vous savez... elle a de la rancune, Mme Bondel.

– Oui, mais je vous assure qu'elle ne vous en veut plus. Je suis même convaincu que cela lui fera grand plaisir de vous voir comme ça, à l'improviste.

– Vrai ?

– Oh ! vrai.

– Eh bien ! allons, mon cher. Moi, je suis enchanté. Voyez-vous, cette brouille-là me faisait beaucoup de peine. »

Et ils se mirent en route vers la gare Saint-Lazare en se tenant par le bras.

Le trajet fut silencieux. Tous deux semblaient perdus en des songeries profondes. Assis l'un en face de l'autre, dans le wagon, ils se regardaient sans parler, constatant l'un et l'autre qu'ils étaient pâles.

Puis ils descendirent du train et se reprirent le bras, comme pour s'unir contre un danger. Après quelques minutes de marche ils s'arrêtèrent, un peu haletants tous les deux, devant la maison des Bondel.

Bondel fit entrer son ami, le suivit dans le salon, appela sa bonne et lui dit : « Madame est ici ?

— Oui, monsieur.

— Priez-la de descendre tout de suite, s'il vous plaît.

— Oui, monsieur. »

Et ils attendirent, tombés sur deux fauteuils, émus à présent de la même envie de s'en aller au plus vite, avant que n'apparût sur le seuil la grande personne redoutée.

Un pas connu, un pas puissant descendit les marches de l'escalier[1]. Une main toucha la serrure, et les yeux des deux hommes virent tourner la poignée de cuivre. Puis la porte s'ouvrit toute grande et Mme Bondel s'arrêta, voulant voir avant d'entrer.

Donc elle regarda, rougit, frémit, recula d'un demi-pas, puis demeura immobile, le sang aux joues et les deux mains posées sur les deux murs de l'entrée.

Tancret, pâle à présent comme s'il allait défaillir, s'était levé, laissant tomber son chapeau, qui roula sur le parquet. Il balbutiait :

« Mon Dieu... Madame... c'est moi... j'ai cru... j'ai osé... Cela me faisait tant de peine... »

Comme elle ne répondait pas, il reprit :

« Me pardonnez-vous... enfin ?

Alors, brusquement, emportée par une impulsion, elle marcha vers lui les deux mains tendues ; et quand il eut pris, serré et gardé ces deux mains,

---

1. Depuis le début du texte jusqu'à l'apparition de la « grande personne redoutée », Madame Bondel apparaît comme une sorte de statue imposante, la représentation absolue de la Loi du ménage, de l'Autorité rancunière, à laquelle mari et amant se trouvent assujettis.

elle dit, avec une petite voix émue, brisée, défaillante, que son mari ne lui connaissait point :

« Ah ! mon cher ami... Ça me fait bien plaisir ! »

Et Bondel, qui les contemplait, se sentit glacé de la tête aux pieds, comme si on l'eût trempé dans un bain froid.

LE MASQUE[1]

Il y avait bal costumé, à l'Élysée-Montmartre[2], ce soir-là. C'était à l'occasion de la Mi-Carême, et la foule entrait, comme l'eau dans une vanne d'écluse, dans le couloir illuminé qui conduit à la salle de danse. Le formidable appel de l'orchestre, éclatant comme un orage de musique, crevait les murs et le toit, se répandait sur le quartier, allait éveiller, par les rues et jusqu'au fond des maisons voisines, cet irrésistible désir de sauter, d'avoir chaud, de s'amuser, qui sommeille au fond de l'animal humain.

Et les habitués du lieu s'en venaient des quatre coins de Paris, gens de toutes les classes, qui aiment le gros plaisir tapageur, un peu crapuleux, frotté de débauche. C'étaient des employés, des souteneurs, des filles, des filles de tous draps, depuis le coton vulgaire jusqu'à la plus fine batiste, des filles riches, vieilles et diamantées, et des filles pauvres, de seize ans, pleines d'envie de faire la fête, d'être aux hommes, de dépenser de l'argent. Des habits noirs élégants en quête de chair fraîche, de primeurs déflorées, mais savoureuses, rôdaient dans cette foule échauffée, cherchaient, semblaient flairer, tandis que les masques paraissaient agités surtout par le désir

---

1. Paru en mai 1889 dans *L'Écho de Paris*.
2. Célèbre bal public, qui donne ici à Maupassant l'occasion d'évoquer les quadrilles du cancan. On pense aux toiles de Toulouse-Lautrec. On pense aussi à *Germinie Lacerteux* des Goncourt où Jupillon se fait une réputation dans les bastringues de barrière, à la Boule-Noire, à la Reine-Blanche, suspendant « toute une salle à la semelle de sa botte jetée à deux pouces au-dessus de sa tête » : « Le bal pour lui n'était plus seulement le bal, c'était un théâtre, un public, une popularité, des applaudissements, le murmure flatteur de son nom dans des groupes, l'ovation d'une gloire de cancan dans le feu des quinquets. »

de s'amuser. Déjà des quadrilles renommés amassaient autour de leurs bondissements une couronne épaisse de public. La haie onduleuse, la pâte remuante de femmes et d'hommes qui encerclait les quatre danseurs se nouait autour comme un serpent, tantôt rapprochée, tantôt écartée suivant les écarts des artistes. Les deux femmes, dont les cuisses semblaient attachées au corps par des ressorts de caoutchouc, faisaient avec leurs jambes des mouvements surprenants. Elles les lançaient en l'air avec tant de vigueur que le membre paraissait s'envoler vers les nuages, puis, soudain, les écartant comme si elles se fussent ouvertes jusqu'à mi-ventre, glissant l'une en avant, l'autre en arrière, elles touchaient le sol de leur centre par un grand écart rapide, répugnant et drôle.

Leurs cavaliers bondissaient, tricotaient des pieds, s'agitaient, les bras remués et soulevés comme des moignons d'ailes sans plumes, et on devinait, sous leurs masques, leur respiration essoufflée.

Un d'eux, qui avait pris place dans le plus réputé des quadrilles pour remplacer une célébrité absente, le beau « Songe-au-Gosse », et qui s'efforçait de tenir tête à l'infatigable « Arête-de-Veau », exécutait des cavaliers seuls bizarres qui soulevaient la joie et l'ironie du public.

Il était maigre, vêtu en gommeux[1], avec un joli masque verni sur le visage, un masque à moustache blonde frisée que coiffait une perruque à boucles.

Il avait l'air d'une figure de cire du musée Grévin[2], d'une étrange et fantastique caricature du charmant jeune homme des gravures de mode, et il dansait avec un effort convaincu, mais maladroit, avec un emportement comique. Il semblait rouillé à côté des autres, en essayant d'imiter leurs gambades ; il semblait perclus[3], lourd comme un roquet jouant avec

des lévriers. Des bravos moqueurs l'encourageaient.
Et lui, ivre d'ardeur, gigotait avec une telle frénésie
que, soudain, emporté par un élan furieux, il alla
donner de la tête dans la muraille du public qui se
fendit devant lui pour le laisser passer, puis se
referma autour du corps inerte, étendu sur le ventre,
du danseur inanimé.

Des hommes le ramassèrent, l'emportèrent. On
criait : « Un médecin. » Un monsieur se présenta,
jeune, très élégant, en habit noir avec de grosses
perles à sa chemise de bal. « Je suis professeur à
la Faculté », dit-il d'une voix modeste. On le laissa
passer, et il rejoignit dans une petite pièce pleine
de cartons comme un bureau d'agent d'affaires, le
danseur toujours sans connaissance qu'on allongeait
sur des chaises. Le docteur voulut d'abord ôter le
masque et reconnut qu'il était attaché d'une façon
compliquée avec une multitude de menus fils de
métal, qui le liaient adroitement aux bords de sa
perruque et enfermaient la tête entière dans une
ligature solide dont il fallait avoir le secret[1]. Le cou
lui-même était emprisonné dans une fausse peau
qui continuait le menton, et cette peau de gant,
peinte comme de la chair, attenait au col de la
chemise.

Il fallut couper tout cela avec de forts ciseaux ; et
quand le médecin eut fait, dans ce surprenant assem-
blage, une entaille allant de l'épaule à la tempe, il
entr'ouvrit cette carapace et y trouva une vieille
figure d'homme usée, pâle, maigre et ridée. Le saisissement fut tel parmi ceux qui avaient apporté ce
jeune masque frisé, que personne ne rit, que personne ne dit un mot.

On regardait, couché sur des chaises de paille, ce
triste visage aux yeux fermés, barbouillé de poils
blancs, les uns longs, tombant du front sur la face,
les autres courts, poussés sur les joues et le menton,

---

tence, d'une immobilisation définitive, comme celle qui menace ici le
masque, le danseur.
1. Autre nœud, autre configuration imaginaire déterminante dans
l'œuvre de Maupassant : fils et liens, toute la question, tout le réseau
du piège et de la ligature.

et, à côté de cette pauvre tête, ce petit, ce joli masque verni, ce masque frais qui souriait toujours.

L'homme revint à lui après être demeuré longtemps sans connaissance, mais il paraissait encore si faible, si malade que le médecin redoutait quelque complication dangereuse.

« Où demeurez-vous ? » dit-il.

Le vieux danseur parut chercher dans sa mémoire, puis se souvenir, et il dit un nom de rue que personne ne connaissait. Il fallut donc lui demander encore des détails sur le quartier. Il les fournissait avec une peine infinie, avec une lenteur et une indécision qui révélaient le trouble de sa pensée.

Le médecin reprit :

« Je vais vous reconduire moi-même. »

Une curiosité l'avait saisi de savoir qui était cet étrange baladin, de voir où gîtait ce phénomène sauteur.

Et un fiacre bientôt les emporta tous deux, de l'autre côté des buttes Montmartre.

C'était dans une haute maison d'aspect pauvre, où montait un escalier gluant, une de ces maisons toujours inachevées, criblées de fenêtres, debout entre deux terrains vagues, niches crasseuses où habite une foule d'êtres guenilleux et misérables[1].

Le docteur, cramponné à la rampe, tige de bois tournante où la main restait collée, soutint jusqu'au quatrième étage le vieil homme étourdi qui reprenait des forces.

La porte à laquelle ils avaient frappé s'ouvrit et une femme apparut, vieille aussi, propre, avec un bonnet de nuit bien blanc encadrant une tête osseuse, aux traits accentués, une de ces grosses têtes bonnes et rudes des femmes d'ouvrier laborieuses et fidèles.

Elle s'écria :

« Mon Dieu ! qu'est-ce qu'il a eu ? »

Lorsque la chose eut été dite en vingt paroles, elle se rassura, et rassura le médecin lui-même, en lui racontant que, souvent déjà, pareille aventure était arrivée.

---

1. Escalier terrible après les lumières du bal, qui condense, où s'agglutinent en quelques lignes les marques les plus extrêmes du réalisme-naturalisme, avant de retrouver la verte, l'absinthe.

« Faut le coucher, monsieur, rien autre chose, il dormira, et d'main n'y paraîtra plus. »

Le docteur reprit :

« Mais c'est à peine s'il peut parler.

— Oh ! c'est rien, un peu d'boisson, pas autre chose. Il n'a pas dîné pour être souple, et puis il a bu deux vertes, pour se donner de l'agitation. La verte, voyez-vous, ça lui r'fait des jambes, mais ça lui coupe les idées et les paroles. Ça n'est plus de son âge de danser comme il fait. Non, vrai, c'est à désespérer qu'il ait jamais une raison. »

Le médecin, surpris, insista :

« Mais pourquoi danse-t-il d'une pareille façon, vieux comme il est ? »

Elle haussa les épaules, devenue rouge sous la colère qui l'excitait peu à peu.

« Ah ! oui, pourquoi ! Parlons-en, pour qu'on le croie jeune sous son masque, pour que les femmes le prennent encore pour un godelureau et lui disent des cochonneries dans l'oreille, pour se frotter à leur peau, à toutes leurs sales peaux avec leurs odeurs et leurs poudres et leurs pommades... Ah ! c'est du propre ! Allez, j'en ai eu une vie, moi, monsieur, depuis quarante ans que cela dure... Mais faut le coucher d'abord pour qu'il ne prenne pas mal. Ça ne vous ferait-il rien de m'aider ? Quand il est comme ça, je n'en finis pas, toute seule. »

Le vieux était assis sur son lit, l'air ivre, ses longs cheveux blancs tombés sur le visage.

Sa compagne le regardait avec des yeux attendris et furieux. Elle reprit :

« Regardez s'il n'a pas une belle tête pour son âge ; et faut qu'il se déguise en polisson pour qu'on le croie jeune. Si c'est pas une pitié ! Vrai, qu'il a une belle tête, monsieur ? Attendez, j'vais vous la montrer avant de le coucher. »

Elle alla vers une table qui portait la cuvette, le pot à eau, le savon, le peigne et la brosse. Elle prit la brosse, puis revint vers le lit et relevant toute la chevelure emmêlée du pochard, elle lui donna, en quelques instants, une figure de modèle de peintre, à grandes boucles tombant sur le cou. Puis, reculant afin de le contempler :

« Vrai qu'il est bien, pour son âge ?

– Très bien, affirma le docteur qui commençait à s'amuser beaucoup. »

Elle ajouta :

« Et si vous l'aviez connu quand il avait vingt-cinq ans ! Mais faut le mettre au lit ; sans ça ses vertes lui tourneraient dans le ventre. Tenez, monsieur, voulez-vous tirer sa manche ?... plus haut... comme ça... bon... la culotte maintenant... attendez, je vais lui ôter ses chaussures... c'est bien. – À présent, tenez-le debout pour que j'ouvre le lit... voilà... couchons-le... si vous croyez qu'il se dérangera tout à l'heure pour me faire de la place, vous vous trompez. Faut que je trouve mon coin, moi, n'importe où. Ça ne l'occupe pas. Ah ! jouisseur, va ! »

Dès qu'il se sentit étendu dans ses draps, le bonhomme ferma les yeux, les rouvrit, les ferma de nouveau, et dans toute sa figure satisfaite apparaissait la résolution énergique de dormir.

Le docteur, en l'examinant avec un intérêt sans cesse accru, demanda :

« Alors il va faire le jeune homme dans les bals costumés ?

– Dans tous, monsieur, et il me revient au matin dans un état qu'on ne se figure pas. Voyez-vous, c'est le regret qui le conduit là et qui lui fait mettre une figure de carton sur la sienne. Oui, le regret de n'être plus ce qu'il a été, et puis de n'avoir plus ses succès ! »

Il dormait, maintenant, et commençait à ronfler. Elle le contemplait d'un air apitoyé, et elle reprit :

« Ah ! il en a eu des succès, cet homme-là ! Plus qu'on ne croirait, monsieur, plus que les plus beaux messieurs du monde et que tous les ténors et que tous les généraux.

– Vraiment ? Que faisait-il donc ?

– Oh ! ça va vous étonner d'abord, vu que vous ne l'avez pas connu dans son beau temps. Moi, quand je l'ai rencontré, c'était à un bal aussi, car il les a toujours fréquentés. J'ai été prise en l'apercevant, mais prise comme un poisson avec une ligne. Il était gentil, monsieur, gentil à faire pleurer quand on le regardait, brun comme un corbeau, et frisé,

avec des yeux noirs aussi grands que des fenêtres.
Ah! oui, c'était un joli garçon. Il m'a emmenée ce
soir-là, et je ne l'ai plus quitté, jamais, pas un jour,
malgré tout! Oh! il m'en a fait voir de dures!»

Le docteur demanda :

«Vous êtes mariés?»

Elle répondit simplement :

«Oui, monsieur... sans ça il m'aurait lâchée comme
les autres. J'ai été sa femme et sa bonne, tout, tout
ce qu'il a voulu... et il m'en a fait pleurer... des
larmes que je ne lui montrais pas! Car il me racontait
ses aventures, à moi... à moi... monsieur... sans
comprendre quel mal ça me faisait de l'écouter...

– Mais quel métier faisait-il, enfin?

– C'est vrai... j'ai oublié de vous le dire. Il était
premier garçon chez Martel, mais un premier comme
on n'en avait jamais eu... un artiste à dix francs
l'heure, en moyenne...

– Martel?... qui ça, Martel?...

– Le coiffeur, monsieur, le grand coiffeur de
l'Opéra qui avait toute la clientèle des actrices. Oui,
toutes les actrices les plus huppées se faisaient coiffer
par Ambroise et lui donnaient des gratifications qui
lui ont fait une fortune. Ah! monsieur, toutes les
femmes sont pareilles, oui, toutes. Quand un homme
leur plaît, elles se l'offrent. C'est si facile... et ça fait
tant de peine à apprendre. Car il me disait tout...
il ne pouvait pas se taire... non, il ne pouvait pas.
Ces choses-là donnent tant de plaisir aux hommes!
plus de plaisir encore à dire qu'à faire peut-être.

«Quand je le voyais rentrer le soir, un peu pâlot,
l'air content, l'œil brillant, je me disais : "Encore
une. Je suis sûre qu'il en a levé encore une." Alors
j'avais envie de l'interroger, une envie qui me cuisait
le cœur, et aussi une autre envie de ne pas savoir,
de l'empêcher de parler s'il commençait. Et nous
nous regardions.

«Je savais bien qu'il ne se tairait pas, qu'il allait
en venir à la chose. Je sentais cela à son air, à son
air de rire, pour me faire comprendre : "J'en ai une
bonne aujourd'hui, Madeleine." Je faisais semblant
de ne pas voir, de ne pas deviner; et je mettais le

couvert ; j'apportais la soupe, je m'asseyais en face de lui.

« Dans ces moments-là, monsieur, c'est comme si on m'avait écrasé mon amitié pour lui dans le corps, avec une pierre. Ça fait mal, allez, rudement. Mais il ne saisissait pas, lui, il ne savait pas ; il avait besoin de conter cela à quelqu'un, de se vanter, de montrer combien on l'aimait... et il n'avait que moi à qui le dire... vous comprenez... que moi... Alors... il fallait bien l'écouter et prendre ça comme du poison.

« Il commençait à manger sa soupe et puis il disait :

« "Encore une, Madeleine."

« Moi je pensais : "Ça y est." Mon Dieu, quel homme ! Faut-il que je l'aie rencontré.

« Alors, il partait : "Encore une, et puis une chouette..." Et c'était une petite du Vaudeville ou bien une petite des Variétés, et puis aussi des grandes, les plus connues de ces dames de théâtre. Il me disait leurs noms, leurs mobiliers, et tout, tout, oui tout, monsieur... Des détails à m'arracher le cœur. Et il revenait là-dessus, il recommençait son histoire, d'un bout à l'autre, si content que je faisais semblant de rire pour qu'il ne se fâche pas contre moi[1].

« Ce n'était peut-être pas vrai tout ça ! Il aimait tant se glorifier qu'il était bien capable d'inventer des choses pareilles ! C'était peut-être vrai aussi ! Ces soirs-là, il faisait semblant d'être fatigué, de vouloir se coucher après souper. On soupait à onze heures, monsieur, car il ne rentrait jamais plus tôt, à cause des coiffures de soirée.

« Quand il avait fini son aventure, il fumait des cigarettes en se promenant dans la chambre, et il était si joli garçon, avec sa moustache et ses cheveux frisés, que je pensais : "C'est vrai, tout de même, ce qu'il raconte. Puisque j'en suis folle, moi, de cet homme-là, pourquoi donc les autres n'en seraient-elles pas aussi toquées ?" Ah ! j'en ai eu des

---

1. C'est ainsi que, dans *Germinie Lacerteux*, Germinie doit supporter les humiliations que lui font éprouver les danseuses, l'obligeant à leur reprendre Jupillon, à « le retirer presque de force des mains et des caresses des femmes s'obstinant à le tirailler ».

envies de pleurer, et de crier, et de me sauver, et
de me jeter par la fenêtre, tout en desservant la
table pendant qu'il fumait toujours. Il bâillait, en
ouvrant la bouche, pour me montrer combien il
était las, et il disait deux ou trois fois avant de se
mettre au lit : "Dieu, que je dormirai bien cette
nuit !"

« Je ne lui en veux pas, car il ne savait point
combien il me peinait. Non, il ne pouvait pas le
savoir ! il aimait se vanter des femmes comme un
paon qui fait la roue. Il en était arrivé à croire que
toutes le regardaient et le voulaient.

« Ç'a été dur quand il a vieilli.

« Oh ! monsieur, quand j'ai vu son premier cheveu
blanc, j'ai eu un saisissement à perdre le souffle, et
puis une joie – une vilaine joie – mais si grande, si
grande !!! Je me suis dit : "C'est la fin... c'est la
fin..." Il m'a semblé qu'on allait me sortir de prison.
Je l'aurais donc pour moi toute seule, quand les
autres n'en voudraient plus.

« C'était un matin, dans notre lit. – Il dormait
encore, et je me penchais sur lui pour le réveiller
en l'embrassant lorsque j'aperçus dans ses boucles,
sur la tempe, un petit fil qui brillait comme de
l'argent. Quelle surprise ! Je n'aurais pas cru cela
possible ! D'abord j'ai pensé à l'arracher pour qu'il
ne le vît pas, lui ! mais, en regardant bien, j'en
aperçus un autre plus haut. Des cheveux blancs ! il
allait avoir des cheveux blancs ! J'en avais le cœur
battant et une moiteur à la peau ; pourtant, j'étais
bien contente, au fond !

« C'est laid de penser ainsi, mais j'ai fait mon
ménage de bon cœur ce matin-là, sans le réveiller
encore, et quand il eut ouvert les yeux, tout seul,
je lui dis :

« "Sais-tu ce que j'ai découvert pendant que tu
dormais ?

« – Non.

« – J'ai découvert que tu as des cheveux blancs."

« Il eut une secousse de dépit qui le fit asseoir
comme si je l'avais chatouillé et il me dit d'un air
méchant :

« "C'est pas vrai !

« – Oui, sur la tempe gauche. Il y en a quatre." »

« Il sauta du lit pour courir à la glace. »

« Il ne les trouvait pas. Alors je lui montrai le premier, le plus bas, le petit frisé, et je lui disais :

« "Ça n'est pas étonnant avec la vie que tu mènes. D'ici à deux ans tu seras fini." »

« Eh bien ! monsieur, j'avais dit vrai, deux ans après on ne l'aurait pas reconnu. Comme ça change vite un homme ! Il était encore beau garçon, mais il perdait sa fraîcheur, et les femmes ne le recherchaient plus. Ah ! j'en ai mené une dure d'existence, moi, en ce temps-là ! il m'en a fait voir de cruelles ! Rien ne lui plaisait, rien de rien. Il a quitté son métier pour la chapellerie, dans quoi il a mangé de l'argent. Et puis il a voulu être acteur sans y réussir, et puis il s'est mis à fréquenter les bals publics. Enfin, il a eu le bon sens de garder un peu de bien, dont nous vivons. Ça suffit, mais ça n'est pas lourd ! Dire qu'il a eu presque une fortune à un moment.

« Maintenant vous voyez ce qu'il fait. C'est comme une frénésie qui le tient. Faut qu'il soit jeune, faut qu'il danse avec des femmes qui sentent l'odeur et la pommade[1]. Pauvre vieux chéri, va ! »

Elle regardait, émue, prête à pleurer, son vieux mari qui ronflait. Puis, s'approchant de lui à pas légers, elle mit un baiser dans ses cheveux. Le médecin s'était levé, et se préparait à s'en aller, ne trouvant rien à dire devant ce couple bizarre.

Alors, comme il partait, elle demanda :

« Voulez-vous tout de même me donner votre adresse ? S'il était plus malade, j'irais vous chercher. »

---

1. On pourra comparer la vieillesse pathétique, lamentable, du « masque », avec *La Vieillesse de Brididi* (1864), le vaudeville de Henri Rochefort qui met en scène Gabriel La Coursonnois, danseur fameux des bals publics surnommé Brididi.

UN PORTRAIT[1]

« Tiens, Milial ! » dit quelqu'un près de moi. Je regardai l'homme qu'on désignait, car depuis longtemps j'avais envie de connaître ce Don Juan.

Il n'était plus jeune. Les cheveux gris, d'un gris trouble, ressemblaient un peu à ces bonnets à poil dont se coiffent certains peuples du Nord, et sa barbe fine, assez longue, tombant sur la poitrine, avait aussi des airs de fourrure. Il causait avec une femme, penché vers elle, parlant à voix basse, en la regardant avec un œil doux, plein d'hommages et de caresses.

Je savais sa vie, ou du moins ce qu'on en connaissait. Il avait été aimé follement, plusieurs fois ; et des drames avaient eu lieu où son nom se trouvait mêlé. On parlait de lui comme d'un homme très séduisant, presque irrésistible. Lorsque j'interrogeais les femmes qui faisaient le plus son éloge, pour savoir d'où lui venait cette puissance, elles répondaient toujours, après avoir quelque temps cherché :

« Je ne sais pas... c'est du charme. »

Certes, il n'était pas beau. Il n'avait rien des élégances dont nous supposons doués les conquérants de cœurs féminins. Je me demandais, avec intérêt, où était cachée sa séduction. Dans l'esprit ?... On ne m'avait jamais cité ses mots ni même célébré son intelligence... Dans le regard ?... Peut-être... Ou dans la voix ?... La voix de certains

---

1. Paru dans *Le Gaulois* en octobre 1888.
Après « le masque », Milial est un autre, tout autre, Don Juan qui dit – au-delà des habituels rapports père/fils – ce qui se transmet dans l'ordre de la séduction de la mère à son fils, à la féminité secrète du fils. Morte jeune pour qu'il maintienne vivant, secrètement, son charme.

êtres a des grâces sensuelles, irrésistibles, la saveur des choses exquises à manger. On a faim de les entendre, et le son de leurs paroles pénètre en nous comme une friandise.

Un ami passait. Je lui demandai :

« Tu connais M. Milial ?

– Oui.

– Présente-nous donc l'un à l'autre. »

Une minute plus tard, nous échangions une poignée de main et nous causions entre deux portes. Ce qu'il disait était juste, agréable à entendre, sans contenir rien de supérieur. La voix, en effet, était belle, douce, caressante, musicale ; mais j'en avais entendu de plus prenantes, de plus remuantes. On l'écoutait avec plaisir, comme on regarderait couler une jolie source. Aucune tension de pensée n'était nécessaire pour le suivre, aucun sous-entendu ne surexcitait la curiosité, aucune attente ne tenait en éveil l'intérêt. Sa conversation était plutôt reposante et n'allumait point en nous soit un vif désir de répondre et de contredire, soit une approbation ravie.

Il était d'ailleurs aussi facile de lui donner la réplique que de l'écouter. La réponse venait aux lèvres d'elle-même, dès qu'il avait fini de parler, et les phrases allaient vers lui comme si ce qu'il avait dit les faisait sortir de la bouche naturellement.

Une réflexion me frappa bientôt. Je le connaissais depuis un quart d'heure, et il me semblait qu'il était un de mes anciens amis, que tout, de lui, m'était familier depuis longtemps : sa figure, ses gestes, sa voix, ses idées.

Brusquement, après quelques instants de causerie, il me paraissait installé dans mon intimité. Toutes les portes étaient ouvertes entre nous, et je lui aurais fait peut-être, sur moi-même, s'il les avait sollicitées, ces confidences que, d'ordinaire, on ne livre qu'aux plus anciens camarades.

Certes, il y avait là un mystère. Ces barrières fermées entre tous les êtres, et que le temps pousse une à une, lorsque la sympathie, les goûts pareils, une même culture intellectuelle et des relations constantes les ont décadenassées peu à peu, semblaient ne pas exister entre lui et moi, et, sans doute, entre lui et tous ceux, hommes et femmes, que le hasard jetait sur sa route.

Au bout d'une demi-heure, nous nous séparâmes en nous promettant de nous revoir souvent, et il me donna son adresse après m'avoir invité à déjeuner, le surlendemain.

Ayant oublié l'heure, j'arrivai trop tôt; il n'était pas rentré. Un domestique correct et muet ouvrit devant moi un beau salon un peu sombre, intime, recueilli. Je m'y sentis à l'aise, comme chez moi. Que de fois j'ai remarqué l'influence des appartements sur le caractère et sur l'esprit! Il y a des pièces où on se sent toujours bête; d'autres, au contraire, où on se sent toujours verveux. Les unes attristent, bien que claires, blanches et dorées; d'autres égayent, bien que tenturées d'étoffes calmes. Notre œil, comme notre cœur, a ses haines et ses tendresses, dont souvent il ne nous fait point part, et qu'il impose secrètement, furtivement, à notre humeur. L'harmonie des meubles, des murs, le style d'un ensemble agissent instantanément sur notre nature intellectuelle comme l'air des bois, de la mer ou de la montagne modifie notre nature physique.

Je m'assis sur un divan disparu sous les coussins, et je me sentis soudain soutenu, porté, capitonné par ces petits sacs de plume couverts de soie, comme si la forme et la place de mon corps eussent été marquées d'avance sur ce meuble.

Puis je regardai. Rien d'éclatant dans la pièce; partout de belles choses modestes, des meubles simples et rares, des rideaux d'Orient qui ne semblaient pas venir du Louvre[1], mais de l'intérieur d'un harem, et, en face de moi, un portrait de femme. C'était un portrait de moyenne grandeur montrant la tête et le haut du corps, et les mains qui tenaient un livre. Elle était jeune, nu-tête, coiffée de bandeaux plats, souriant un peu tristement. Est-ce parce qu'elle avait la tête nue, ou bien par l'impression de son allure si naturelle, mais jamais portrait de femme ne me parut être chez lui autant que

---

1. Le célèbre grand magasin de la rue de Rivoli, fondé en 1855.

celui-là, dans ce logis. Presque tous ceux que je connais sont en représentation, soit que la dame ait des vêtements d'apparat, une coiffure seyante, un air de bien savoir qu'elle pose devant le peintre d'abord, et ensuite devant tous ceux qui la regarderont, soit qu'elle ait pris une attitude abandonnée dans un négligé bien choisi.

Les unes sont debout, majestueuses, en pleine beauté, avec un air de hauteur qu'elles n'ont pas dû garder longtemps dans l'ordinaire de la vie. D'autres minaudent, dans l'immobilité de la toile ; et toutes ont un rien, une fleur ou un bijou, un pli de robe ou de lèvre qu'on sent posé par le peintre, pour l'effet. Qu'elles portent un chapeau, une dentelle sur la tête, ou leurs cheveux seulement, on devine en elles quelque chose qui n'est point tout à fait naturel. Quoi ? On l'ignore, puisqu'on ne les a pas connues, mais on le sent. Elles semblent en visite quelque part, chez des gens à qui elles veulent plaire, à qui elles veulent se montrer avec tout leur avantage ; et elles ont étudié leur attitude, tantôt modeste, tantôt hautaine.

Que dire de celle-là ? Elle était chez elle, et seule. Oui, elle était seule, car elle souriait comme on sourit quand on pense solitairement à quelque chose de triste et de doux, et non comme on sourit quand on est regardée. Elle était tellement seule, et chez elle, qu'elle faisait le vide en tout ce grand appartement, le vide absolu. Elle l'habitait, l'emplissait, l'animait seule ; il y pouvait entrer beaucoup de monde, et tout ce monde pouvait parler, rire, même chanter ; elle y serait toujours seule, avec un sourire solitaire, et, seule, elle le rendrait vivant, de son regard de portrait.

Il était unique aussi, ce regard. Il tombait sur moi tout droit, caressant et fixe, sans me voir. Tous les portraits savent qu'ils sont contemplés, et ils répondent avec les yeux, avec des yeux qui voient, qui pensent, qui nous suivent, sans nous quitter, depuis notre entrée jusqu'à notre sortie de l'appartement qu'ils habitent.

Celui-là ne me voyait pas, ne voyait rien, bien

que son regard fût planté sur moi, tout droit. Je
me rappelai le vers surprenant de Baudelaire :

Et tes yeux attirants comme ceux d'un portrait[1].

Ils m'attiraient, en effet, d'une façon irrésistible,
jetaient en moi un trouble étrange, puissant, nouveau, ces yeux peints, qui avaient vécu, ou qui
vivaient encore, peut-être. Oh! quel charme infini
et amollissant comme une brise qui passe, séduisant
comme un ciel mourant de crépuscule lilas, rose et
bleu, et un peu mélancolique comme la nuit qui
vient derrière sortait de ce cadre sombre et de ces
yeux impénétrables! Ces yeux, ces yeux créés par
quelques coups de pinceau, cachaient en eux le
mystère de ce qui semble être et n'existe pas, de ce
qui peut apparaître en un regard de femme, de ce
qui fait germer l'amour en nous.

La porte s'ouvrit. M. Milial entrait. Il s'excusa
d'être en retard. Je m'excusai d'être en avance. Puis
je lui dis :

« Est-il indiscret de vous demander quelle est cette
femme ? »

Il répondit :

« C'est ma mère, morte toute jeune. »

Et je compris alors d'où venait l'inexplicable séduction de cet homme !

---

1. Dans *Les Fleurs du mal* : « L'Amour du mensonge. »

L'INFIRME[1]

Cette aventure m'est arrivée vers 1882. Je venais de m'installer dans le coin d'un wagon vide, et j'avais refermé la portière, avec l'espérance de rester seul, quand elle se rouvrit brusquement, et j'entendis une voix qui disait :

« Prenez garde, monsieur, nous nous trouvons juste au croisement des lignes ; le marchepied est très haut. »

Une autre voix répondit :

« Ne crains rien, Laurent, je vais prendre les poignées. »

Puis une tête apparut coiffée d'un chapeau rond, et deux mains, s'accrochant aux lanières de cuir et de drap suspendues des deux côtés de la portière, hissèrent lentement un gros corps, dont les pieds firent sur le marchepied un bruit de canne frappant le sol.

Or, quand l'homme eut fait entrer son torse dans le compartiment, je vis apparaître, dans l'étoffe flasque du pantalon, le bout peint en noir d'une jambe de bois, qu'un autre pilon pareil suivit bientôt.

Une tête se montra derrière ce voyageur, et demanda :

« Vous êtes bien, monsieur ?

– Oui, mon garçon.

– Alors, voilà vos paquets et vos béquilles. »

Et un domestique, qui avait l'air d'un vieux soldat, monta à son tour, portant en ses bras un tas de choses, enveloppées en des papiers noirs et jaunes, ficelées soigneusement, et les déposa, l'une après

1. Paru dans *Le Gaulois* en octobre 1888.

l'autre, dans le filet au-dessus de la tête de son
maître. Puis il dit :

« Voilà, monsieur, c'est tout. Il y en a cinq : les
bonbons, la poupée, le tambour, le fusil et le pâté
de foies gras.

– C'est bien, mon garçon.

– Bon voyage, monsieur.

– Merci, Laurent ; bonne santé ! »

L'homme s'en alla en repoussant la porte, et je
regardai mon voisin.

Il pouvait avoir trente-cinq ans, bien que ses
cheveux fussent presque blancs ; il était décoré, mous-
tachu, fort gros, atteint de cette obésité poussive
des hommes actifs et forts qu'une infirmité tient
immobiles.

Il s'essuya le front, souffla et, me regardant bien
en face :

« La fumée vous gêne-t-elle, monsieur ?

– Non, monsieur. »

Cet œil, cette voix, ce visage, je les connaissais.
Mais d'où, de quand ? Certes, j'avais rencontré ce
garçon-là, je lui avais parlé, je lui avais serré la
main. Cela datait de loin, de très loin, c'était perdu
dans cette brume où l'esprit semble chercher à tâtons
les souvenirs et les poursuit, comme des fantômes
fuyants, sans les saisir[1].

Lui aussi, maintenant, me dévisageait avec la téna-
cité et la fixité d'un homme qui se rappelle un peu,
mais pas tout à fait.

Nos yeux, gênés de ce contact obstiné des regards,
se détournèrent ; puis, au bout de quelques secondes,
attirés de nouveau par la volonté obscure et tenace
de la mémoire en travail, ils se rencontrèrent encore,
et je dis :

« Mon Dieu, monsieur, au lieu de nous observer
à la dérobée pendant une heure, ne vaudrait-il pas
mieux chercher ensemble où nous nous sommes
connus ? »

---

1. Tout le passage développe l'un des moments essentiels dans l'univers
de Maupassant : la traversée de la mémoire, l'épreuve du souvenir,
l'instant de la révélation. À quoi succède la confrontation, souvent
violente, *désespérante*, du passé et de l'état présent.

Le voisin répondit avec bonne grâce :

« Vous avez tout à fait raison, monsieur. »

Je me nommai :

« Je m'appelle Henry Bonclair, magistrat. »

Il hésita quelques secondes ; puis, avec ce vague de l'œil et de la voix qui accompagne les grandes tensions d'esprit :

« Ah ! parfaitement, je vous ai rencontré chez les Poincel, autrefois, avant la guerre, voilà douze ans de cela !

– Oui, monsieur... Ah !... ah !... vous êtes le lieutenant Revalière ?

– Oui... Je fus même le capitaine Revalière jusqu'au jour où j'ai perdu mes pieds... tous les deux d'un seul coup, sur le passage d'un boulet. »

Et nous nous regardâmes de nouveau, maintenant que nous nous connaissions.

Je me rappelais parfaitement avoir vu ce beau garçon mince qui conduisait les cotillons avec une furie agile et gracieuse et qu'on avait surnommé, je crois, « la Trombe ». Mais derrière cette image, nettement évoquée, flottait encore quelque chose d'insaisissable, une histoire que j'avais sue et oubliée, une de ces histoires auxquelles on prête une attention bienveillante et courte, et qui ne laissent dans l'esprit qu'une marque presque imperceptible.

Il y avait de l'amour là dedans. J'en retrouvais la sensation particulière au fond de ma mémoire, mais rien de plus, sensation comparable au fumet que sème pour le nez d'un chien le pied d'un gibier sur le sol.

Peu à peu, cependant, les ombres s'éclaircirent et une figure de jeune fille surgit devant mes yeux. Puis son nom éclata dans ma tête comme un pétard qui s'allume : Mlle de Mandal. Je me rappelais tout, maintenant. C'était, en effet, une histoire d'amour, mais banale. Cette jeune fille aimait ce jeune homme, lorsque je l'avais rencontré, et on parlait de leur prochain mariage. Il paraissait lui-même très épris, très heureux.

Je levai les yeux vers le filet où tous les paquets apportés par le domestique de mon voisin tremblotaient aux secousses du train, et la voix du serviteur me revint comme s'il finissait à peine de parler.

Il avait dit :

« Voilà, monsieur, c'est tout. Il y en a cinq : les bonbons, la poupée, le tambour, le fusil et le pâté de foies gras. »

Alors, en une seconde, un roman se composa et se déroula dans ma tête. Il ressemblait d'ailleurs à tous ceux que j'avais lus où, tantôt le jeune homme, tantôt la jeune fille, épouse son fiancé ou sa fiancée après la catastrophe, soit corporelle, soit financière. Donc, cet officier mutilé pendant la guerre avait retrouvé, après la campagne, la jeune fille qui s'était promise à lui ; et, tenant son engagement, elle s'était donnée.

Je jugeais cela beau, mais simple, comme on juge simples tous les dévouements et tous les dénouements des livres et du théâtre. Il semble toujours, quand on lit, ou quand on écoute, à ces écoles de magnanimité, qu'on se serait sacrifié soi-même avec un plaisir enthousiaste, avec un élan magnifique. Mais on est de fort mauvaise humeur, le lendemain, quand un ami misérable vient vous emprunter quelque argent.

Puis, soudain, une autre supposition, moins poétique et plus réaliste, se substitua à la première. Peut-être s'était-il marié avant la guerre, avant l'épouvantable accident de ce boulet lui coupant les jambes, et avait-elle dû, désolée et résignée, recevoir, soigner, consoler, soutenir ce mari, parti fort et beau, revenu avec les pieds fauchés, affreux débris voué à l'immobilité, aux colères impuissantes et à l'obésité fatale.

Était-il heureux ou torturé ? Une envie, légère d'abord, puis grandissante, puis irrésistible, me saisit de connaître son histoire, d'en savoir au moins les points principaux, qui me permettraient de deviner ce qu'il ne pourrait pas ou ne voudrait pas me dire.

Je lui parlais, tout en songeant. Nous avions échangé quelques paroles banales ; et moi, les yeux levés vers le filet, je pensais : « Il a donc trois enfants : les bonbons sont pour sa femme, la poupée pour sa petite fille, le tambour et le fusil pour ses fils, ce pâté de foies gras pour lui. »

Soudain, je lui demandai :

« Vous êtes père, monsieur ? »

Il répondit :

« Non, monsieur. »

Je me sentis soudain confus comme si j'avais commis une grosse inconvenance et je repris :

« Je vous demande pardon. Je l'avais pensé en entendant votre domestique parler de jouets. On entend sans écouter, et on conclut malgré soi. »

Il sourit, puis murmura :

« Non, je ne suis même pas marié. J'en suis resté aux préliminaires. »

J'eus l'air de me souvenir tout à coup.

« Ah !... c'est vrai, vous étiez fiancé, quand je vous ai connu, fiancé avec Mlle de Mandal, je crois.

– Oui, monsieur, votre mémoire est excellente. »

J'eus une audace excessive, et j'ajoutai :

« Oui, je crois me rappeler aussi avoir entendu dire que Mlle de Mandal avait épousé monsieur... monsieur... »

Il prononça tranquillement ce nom.

« M. de Fleurel.

– Oui, c'est cela ! Oui... je me rappelle même, à ce propos, avoir entendu parler de votre blessure. »

Je le regardais bien en face, et il rougit.

Sa figure pleine, bouffie, que l'afflux constant de sang rendait déjà pourpre, se teinta davantage encore.

Il répondit avec vivacité, avec l'ardeur soudaine d'un homme qui plaide une cause perdue d'avance, perdue dans son esprit et dans son cœur, mais qu'il veut gagner devant l'opinion.

« On a tort, monsieur, de prononcer à côté du mien le nom de Mme de Fleurel. Quand je suis revenu de la guerre, sans mes pieds, hélas ! je n'aurais jamais accepté, jamais, qu'elle devînt ma femme. Est-ce que c'était possible ? Quand on se marie, monsieur, ce n'est pas pour faire parade de générosité : c'est pour vivre, tous les jours, toutes les heures, toutes les minutes, toutes les secondes, à côté d'un homme ; et, si cet homme est difforme, comme moi, on se condamne, en l'épousant, à une souffrance qui durera jusqu'à la mort! Oh! je comprends, j'admire tous les sacrifices, tous les dévouements, quand ils ont une limite, mais je n'admets pas le renoncement d'une femme à toute une vie qu'elle espère heureuse, à toutes les joies, à tous les rêves, pour satisfaire l'admiration de la galerie. Quand j'entends sur le plancher de ma chambre le battement de mes pilons et celui de mes béquilles, ce bruit de moulin que je fais à chaque pas, j'ai des exaspérations à étrangler mon serviteur. Croyez-vous qu'on puisse accepter d'une femme de tolérer ce qu'on ne supporte pas soi-même? Et puis, vous imaginez-vous que c'est joli, mes bouts de jambes?... »

Il se tut. Que lui dire? Je trouvais qu'il avait raison! Pouvais-je la blâmer, la mépriser, même lui donner tort, à elle? Non. Cependant? Le dénouement conforme à la règle, à la moyenne, à la vérité, à la vraisemblance, ne satisfaisait pas mon appétit poétique. Ces moignons héroïques appelaient un beau sacrifice qui me manquait, et j'en éprouvais une déception.

Je lui demandai tout à coup :

« Mme de Fleurel a des enfants?

– Oui, une fille et deux garçons. C'est pour eux que je porte ces jouets. Son mari et elle ont été très bons pour moi. »

Le train montait la rampe de Saint-Germain. Il passa les tunnels, entra en gare, s'arrêta.

J'allais offrir mon bras pour aider la descente de l'officier mutilé quand deux mains se tendirent vers lui, par la portière ouverte :

« Bonjour! mon cher Revalière.

– Ah! bonjour, Fleurel. »

Derrière l'homme, la femme souriait radieuse, encore jolie, envoyant des « bonjour! » de ses doigts gantés. Une petite fille, à côté d'elle, sautillait de joie, et deux garçonnets regardaient avec des yeux avides le tambour et le fusil passant du filet du wagon entre les mains de leur père.

Quand l'infirme fut sur le quai, tous les enfants

l'embrassèrent. Puis on se mit en route, et la fillette, par amitié, tenait dans sa petite main la traverse vernie d'une béquille, comme elle aurait pu tenir, en marchant à son côté, le pouce de son grand ami[1].

---

1. Le voyage en train, entre deux stations, aura suffi à faire surgir le souvenir, à dresser le tableau d'une vie. Entre les deux mains de l'infirme qui s'accrochent aux lanières de la portière au début du texte et celles de Fleurel qui se tendent en gare de Saint-Germain. Bonjour, bonjour. À côté du père chemine son double; la fillette, entre eux, tient la traverse.

LES VINGT-CINQ FRANCS
DE LA SUPÉRIEURE[1]

Ah ! certes, il était drôle, le père Pavilly, avec ses grandes jambes d'araignée et son petit corps, et ses longs bras, et sa tête en pointe surmontée d'une flamme de cheveux rouges sur le sommet du crâne.

C'était un clown, un clown paysan, naturel, né pour faire des farces, pour faire rire, pour jouer des rôles, des rôles simples puisqu'il était fils de paysan, paysan lui-même, sachant à peine lire. Ah ! oui, le bon Dieu l'avait créé pour amuser les autres, les pauvres diables de la campagne qui n'ont pas de théâtres et de fêtes ; et il les amusait en conscience. Au café, on lui payait des tournées pour le garder, et il buvait intrépidement, riant et plaisantant, blaguant tout le monde sans fâcher personne, pendant qu'on se tordait autour de lui.

Il était si drôle que les filles elles-mêmes ne lui résistaient pas, tant elles riaient, bien qu'il fût très laid. Il les entraînait, en blaguant, derrière un mur, dans un fossé, dans une étable, puis il les chatouillait et les pressait, avec des propos si comiques qu'elles

---

1. Paru dans *Gil Blas* en mars 1888.
Autre portrait dans la galerie des séducteurs : le clown des campagnes, le satyre des moissons. Coiffé d'un chapeau de paille, Pavilly se glisse dans la paille des greniers, tombe d'une voiture de paille, avant sa dernière chute : « C'est une paillasse qu'en est cause. » De cabriole en cabriole, de culbute en culbute, jusqu'à celle que lui refuse la Reine, la seule femme qu'il n'ait pas su faire rire.
Le titre de la nouvelle cherche à passer en proverbe, à la manière dont « Le Rosier de Madame Husson » sert à désigner un ivrogne. Le renversement est « cocasse », de l'hôpital tenu par les Sœurs à la recherche des filles, de la Supérieure à la Reine, dans l'aller-retour de la jambe cassée. Il est vrai que « se casser une jambe en maison close » suffit à susciter le rire.

se tenaient les côtes en le repoussant. Alors il gam-badait, faisait mine de se vouloir pendre, et elles se tordaient, les larmes aux yeux; il choisissait un moment et les culbutait avec tant d'à-propos qu'elles y passaient toutes, même celles qui l'avaient bravé, histoire de s'amuser.

Donc, vers la fin de juin il s'engagea, pour faire la moisson, chez maître Le Harivau, près de Rouville. Pendant trois semaines entières il réjouit les mois-sonneurs, hommes et femmes, par ses farces, tant le jour que la nuit. Le jour on le voyait dans la plaine, au milieu des épis fauchés, on le voyait coiffé d'un vieux chapeau de paille qui cachait son toupet roussâtre, ramassant avec ses longs bras maigres et liant en gerbes le blé jaune; puis s'arrêtant pour esquisser un geste drôle qui faisait rire à travers la campagne le peuple des travailleurs qui ne le quittait point de l'œil. La nuit il se glissait, comme une bête rampante, dans la paille des greniers où dormaient les femmes, et ses mains rôdaient, éveillaient des cris, soulevaient des tumultes. On le chassait à coups de sabots et il fuyait à quatre pattes, pareil à un singe fantastique, au milieu des fusées de gaieté de la chambrée tout entière.

Le dernier jour, comme le char des moissonneurs, enrubanné et cornemusant, plein de cris, de chants, de joie et d'ivresse, allait sur la grande route blanche, au pas lent de six chevaux pommelés, conduit par un gars en blouse portant cocarde à sa casquette, Pavilly, au milieu des femmes vautrées, dansait un pas de satyre ivre qui tenait, bouche bée, sur les talus des fermes les petits garçons morveux et les paysans stupéfaits de sa structure invraisemblable.

Tout à coup, en arrivant à la barrière de la ferme de maître Le Harivau, il fit un bond en élevant les bras, mais par malheur il heurta, en retombant, le bord de la longue charrette, culbuta par-dessus, tomba sur la roue et rebondit sur le chemin.

Ses camarades s'élancèrent. Il ne bougeait plus, un œil fermé, l'autre ouvert, blême de peur, ses grands membres allongés dans la poussière.

Quand on toucha sa jambe droite, il se mit à

pousser des cris et, quand on voulut le mettre debout, il s'abattit.

« Je crais ben qu'il a une patte cassée », dit un homme.

Il avait, en effet, une jambe cassée.

Maître Le Harivau le fit étendre sur une table, et un cavalier courut à Rouville pour chercher le médecin, qui arriva une heure après.

Le fermier fut très généreux et annonça qu'il payerait le traitement de l'homme à l'hôpital.

Le docteur emporta donc Pavilly dans sa voiture et le déposa dans un dortoir peint à la chaux où sa fracture fut réduite.

Dès qu'il comprit qu'il n'en mourrait pas et qu'il allait être soigné, guéri, dorloté, nourri à rien faire, sur le dos, entre deux draps, Pavilly fut saisi d'une joie débordante, et il se mit à rire d'un rire silencieux et continu qui montrait ses dents gâtées.

Dès qu'une sœur approchait de son lit, il lui faisait des grimaces de contentement, clignait de l'œil, tordait sa bouche, remuait son nez qu'il avait très long et mobile à volonté. Ses voisins de dortoir, tout malades qu'ils étaient, ne pouvaient se tenir de rire, et la sœur supérieure venait souvent à son lit pour passer un quart d'heure d'amusement. Il trouvait pour elle des farces plus drôles, des plaisanteries inédites et comme il portait en lui le germe de tous les cabotinages, il se faisait dévot pour lui plaire, parlait du bon Dieu avec des airs sérieux d'homme qui sait les moments où il ne faut plus badiner.

Un jour, il imagina de lui chanter des chansons. Elle fut ravie et revint plus souvent ; puis, pour utiliser sa voix, elle lui apporta un livre de cantiques. On le vit alors assis dans son lit, car il commençait à se remuer, entonnant d'une voix de fausset les louanges de l'Éternel, de Marie et du Saint-Esprit, tandis que la grosse bonne sœur, debout à ses pieds, battait la mesure avec un doigt en lui donnant l'intonation. Dès qu'il put marcher, la supérieure lui offrit de le garder quelque temps de plus pour chanter les offices dans la chapelle, tout en servant la messe et remplissant aussi les fonctions de sacristain. Il accepta. Et pendant un mois entier on le vit, vêtu d'un surplis blanc, et boitillant, entonner les répons[1] et les psaumes avec des ports de tête si plaisants que le nombre des fidèles augmenta, et qu'on désertait la paroisse pour venir à vêpres à l'hôpital.

Mais comme tout finit en ce monde, il fallut bien le congédier quand il fut tout à fait guéri. La supérieure, pour le remercier, lui fit cadeau de vingt-cinq francs.

Dès que Pavilly se vit dans la rue avec cet argent dans sa poche, il se demanda ce qu'il allait faire. Retournerait-il au village? Pas avant d'avoir bu un coup certainement, ce qui ne lui était pas arrivé depuis longtemps, et il entra dans un café. Il ne venait pas à la ville plus d'une fois ou deux par an, et il lui était resté, d'une de ces visites en particulier, un souvenir confus et enivrant d'orgie.

Donc il demanda un verre de fine qu'il avala d'un trait pour graisser le passage, puis il s'en fit verser un second afin d'en prendre le goût.

Dès que l'eau-de-vie, forte et poivrée, lui eut touché le palais et la langue, réveillant plus vive, après cette longue sobriété, la sensation aimée et désirée de l'alcool qui caresse, et pique, et aromatise, et brûle la bouche, il comprit qu'il boirait la bouteille et demanda tout de suite ce qu'elle valait, afin d'économiser sur le détail. On la lui compta trois francs, qu'il paya; puis il commença à se griser avec tranquillité.

Il y mettait pourtant de la méthode, voulant garder assez de conscience pour d'autres plaisirs. Donc aussitôt qu'il se sentit sur le point de voir saluer les cheminées il se leva, et s'en alla, d'un pas hésitant, sa bouteille sous le bras, en quête d'une maison de filles.

Il la trouva, non sans peine, après l'avoir demandée à un charretier qui ne la connaissait pas, à un facteur qui le renseigna mal, à un boulanger qui se mit à jurer en le traitant de vieux porc, et, enfin, à un militaire qui l'y conduisit obligeamment, en l'engageant à choisir la Reine.

---

1. Le répons est un chant dont les paroles sont empruntées aux Écritures saintes.

Pavilly, bien qu'il fût à peine midi, entra dans ce lieu de délices où il fut reçu par une bonne qui voulait le mettre à la porte. Mais il la fit rire par une grimace, montra trois francs, prix normal des consommations spéciales du lieu, et la suivit avec peine le long d'un escalier fort sombre qui menait au premier étage.

Quand il fut entré dans une chambre il réclama la venue de la Reine et l'attendit en buvant un nouveau coup au goulot même de sa bouteille.

La porte s'ouvrit, une fille parut. Elle était grande, grasse, rouge, énorme. D'un coup d'œil sûr, d'un coup d'œil de connaisseur, elle toisa l'ivrogne écroulé sur un siège et lui dit :

« T'as pas honte à c't' heure-ci ? »

Il balbutia :

« De quoi, princesse ?

– Mais de déranger une dame avant qu'elle ait seulement mangé la soupe. »

Il voulut rire.

« Y a pas d'heure pour les braves.

– Y a pas d'heure non plus pour se saouler, vieux pot. »

Pavilly se fâcha.

« Je sieus pas un pot, d'abord, et puis je sieus pas saoul.

– Pas saoul ?

– Non, je sieus pas saoul.

– Pas saoul, tu pourrais pas seulement te tenir debout. »

Elle le regardait avec une colère rageuse de femme dont les compagnes dînent.

Il se dressa.

« Mé, mé, que je danserais une polka. »

Et, pour prouver sa solidité, il monta sur la chaise, fit une pirouette et sauta sur le lit où ses gros souliers vaseux plaquèrent deux taches épouvantables.

« Ah ! salaud ! » cria la fille.

S'élançant, elle lui jeta un coup de poing dans le ventre, un tel coup de poing que Pavilly perdit l'équilibre, bascula sur les pieds de la couche, fit une complète cabriole, retomba sur la commode entraînant avec lui la cuvette et le pot à l'eau, puis s'écroula par terre en poussant des hurlements.

Le bruit fut si violent et ses cris si perçants que toute la maison accourut, monsieur, madame, la servante et le personnel.

Monsieur, d'abord, voulut ramasser l'homme, mais, dès qu'il l'eut mis debout, le paysan perdit de nouveau l'équilibre, puis se mit à vociférer qu'il avait la jambe cassée, l'autre, la bonne, la bonne !

C'était vrai. On courut chercher un médecin. Ce fut justement celui qui avait soigné Pavilly chez maître Le Harivau.

« Comment, c'est encore vous ? dit-il.

— Oui, m'sieu.

— Qu'est-ce que vous avez ?

— L'autre qu'on m'a cassée itou, m'sieu l'docteur.

— Qu'est-ce qui vous a fait ça, mon vieux ?

— Une femelle donc. »

Tout le monde écoutait. Les filles en peignoir, en cheveux, la bouche encore grasse du dîner interrompu, madame furieuse, monsieur inquiet.

« Ça va faire une vilaine histoire, dit le médecin. Vous savez que la municipalité vous voit d'un mauvais œil. Il faudrait tâcher qu'on ne parlât point de cette affaire-là.

— Comment faire ? demanda monsieur.

— Mais, le mieux, serait d'envoyer cet homme à l'hôpital, d'où il sort, d'ailleurs, et de payer son traitement. »

Monsieur répondit :

« J'aime encore mieux ça que d'avoir des histoires. »

Donc Pavilly, une demi-heure après, rentrait ivre et geignant dans le dortoir d'où il était sorti une heure plus tôt.

La supérieure leva les bras, affligée, car elle l'aimait, et souriante, car il ne lui déplaisait pas de le revoir.

« Eh bien ! mon brave, qu'est-ce que vous avez ?

— L'autre jambe cassée, madame la bonne sœur.

— Ah ! vous êtes donc encore monté sur une voiture de paille, vieux farceur ? »

Et Pavilly, confus et sournois, balbutia :

«Non... non... Pas cette fois... pas cette fois...
Non... non... C'est point d'ma faute, point d'ma
faute... C'est une paillasse qu'en est cause.»

Elle ne put en tirer d'autre explication et ne sut
jamais que cette rechute était due à ses vingt-cinq
francs.

UN CAS DE DIVORCE[1]

L'avocat de Mme Chassel prit la parole :

MONSIEUR LE PRÉSIDENT,
MESSIEURS LES JUGES,

La cause que je suis chargé de défendre devant vous relève bien plus de la médecine que de la justice, et constitue bien plus un cas pathologique qu'un cas de droit ordinaire. Les faits semblent simples au premier abord.

Un homme jeune, très riche, d'âme noble et exaltée, de cœur généreux, devient amoureux d'une jeune fille absolument belle, plus que belle, adorable, aussi gracieuse, aussi charmante, aussi bonne, aussi tendre que jolie, et il l'épouse.

Pendant quelque temps, il se conduit envers elle en époux plein de soins et de tendresse; puis il la néglige, la rudoie, semble éprouver pour elle une répulsion insurmontable, un dégoût irrésistible. Un jour même il la frappe, non seulement sans aucune raison, mais même sans aucun prétexte.

Je ne vous ferai point le tableau, messieurs, de ses allures bizarres, incompréhensibles pour tous. Je ne vous dépeindrai point la vie abominable de ces deux êtres, et la douleur horrible de cette jeune femme.

Il me suffira pour vous convaincre de vous lire quelques fragments d'un journal écrit chaque jour

---

1. Paru dans *Gil Blas* en août 1886. Le texte du *Gil Blas*, confronté à celui du recueil, présente quelques variantes (que nous ne reproduisons pas ici), qui toutes, comme le font les fragments du journal dont l'avocat donne lecture, affirment la haine de Dieu, de la Nature et l'exaltation fiévreuse des fleurs.

par ce pauvre homme, par ce pauvre fou. Car c'est
en face d'un fou que nous nous trouvons, messieurs,
et le cas est d'autant plus curieux, d'autant plus
intéressant qu'il rappelle en beaucoup de points la
démence du malheureux prince mort récemment,
du roi bizarre qui régna platoniquement sur la
Bavière[1]. J'appellerai ce cas : la folie poétique.

Vous vous rappelez tout ce qu'on raconta de ce
prince étrange. Il fit construire au milieu des
paysages les plus magnifiques de son royaume de
vrais châteaux de féerie. La réalité même de la
beauté des choses et des lieux ne lui suffisant pas,
il imagina, il créa, dans ces manoirs invraisemblables, des horizons factices, obtenus au moyen
d'artifices de théâtre, des changements à vue, des
forêts peintes, des empires de contes où les feuilles
des arbres étaient des pierres précieuses. Il eut des
Alpes et des glaciers, des steppes, des déserts de
sable brûlés par le soleil ; et, la nuit, sous les rayons
de la vraie lune, des lacs qu'éclairaient par-dessous
de fantastiques lueurs électriques. Sur ces lacs
nageaient des cygnes et glissaient des nacelles, tandis
qu'un orchestre, composé des premiers exécutants
du monde, enivrait de poésie l'âme du fou royal.

Cet homme était chaste, cet homme était vierge.
Il n'aima jamais qu'un rêve, son rêve, son rêve divin.

Un soir, il emmena dans sa barque une femme,
jeune, belle, une grande artiste et il la pria de
chanter. Elle chanta, grisée elle-même par l'admirable paysage, par la douceur tiède de l'air, par le
parfum des fleurs et par l'extase de ce prince jeune
et beau.

Elle chanta, comme chantent les femmes que
touche l'amour, puis, éperdue, frémissante, elle
tomba sur le cœur du roi en cherchant ses lèvres.

Mais il la jeta dans le lac, et prenant ses rames
gagna la berge, sans s'inquiéter si on la sauvait.

Nous nous trouvons, messieurs les juges, devant
un cas tout à fait semblable. Je ne ferai plus que

---

1. Louis II de Bavière, mort le 13 juin 1886, esthète subtil et mélancolique, admirateur et protecteur de Wagner, célèbre pour les châteaux
féeriques qu'il fit construire avant d'être gagné par la folie.

lire maintenant des passages du journal que nous avons surpris dans un tiroir du secrétaire.

....

Comme tout est triste et laid, toujours pareil, toujours odieux. Comme je rêve une terre plus belle, plus noble, plus variée. Comme elle serait pauvre l'imagination de leur Dieu, si leur Dieu existait ou s'il n'avait pas créé d'autres choses, ailleurs.

Toujours des bois, de petits bois, des fleuves qui ressemblent aux fleuves, des plaines qui ressemblent aux plaines, tout est pareil et monotone. Et l'homme !... L'homme ?... Quel horrible animal, méchant, orgueilleux et répugnant..............................

....

Il faudrait aimer, aimer éperdument, sans voir ce qu'on aime. Car voir c'est comprendre, et comprendre c'est mépriser. Il faudrait aimer, en s'enivrant d'elle comme on se grise de vin, de façon à ne plus savoir ce qu'on boit. Et boire, boire, boire, sans reprendre haleine, jour et nuit ! ....

....

J'ai trouvé, je crois. Elle a dans toute sa personne quelque chose d'idéal qui ne semble point de ce monde et qui donne des ailes à mon rêve[1]. Ah ! mon rêve, comme il me montre les êtres différents de ce qu'ils sont ! Elle est blonde, d'un blond léger, avec des cheveux qui ont des nuances inexprimables. Ses yeux sont bleus ! Seuls les yeux bleus emportent mon âme. Toute la femme, la femme qui existe au fond de mon cœur, m'apparaît dans l'œil, rien que dans l'œil.

Oh ! mystère ! Quel mystère ? L'œil ?... Tout l'univers est en lui, puisqu'il le voit, puisqu'il le reflète. Il contient l'univers, les choses et les êtres, les forêts et les océans, les hommes et les bêtes, les couchers de soleil, les étoiles, les arts, tout, tout, il voit, cueille et emporte tout ; et il y a plus encore en lui, il y a l'âme, il y a l'homme qui pense, l'homme qui aime, l'homme qui rit, l'homme qui souffre ! Oh ! regardez les yeux bleus des femmes, ceux qui sont profonds comme la mer, changeants comme

---

1. J'ai trouvé mon idéal de beauté... On mesure à nouveau l'influence de Baudelaire sur Maupassant.

le ciel, si doux, si doux, doux comme les brises, doux comme la musique, doux comme des baisers, et transparents, si clairs qu'on voit derrière, on voit l'âme, l'âme bleue qui les colore, qui les anime, qui les divinise.

Oui, l'âme a la couleur du regard. L'âme bleue seule porte en elle du rêve, elle a pris son azur aux flots et à l'espace.

L'œil! Songez à lui! L'œil! Il boit la vie apparente pour en nourrir la pensée. Il boit le monde, la couleur, le mouvement, les livres, les tableaux, tout ce qui est beau et tout ce qui est laid, et il en fait des idées. Et quand il nous regarde, il nous donne la sensation d'un bonheur qui n'est point de cette terre. Il nous fait pressentir ce que nous ignorerons toujours; il nous fait comprendre que les réalités de nos songes sont de méprisables ordures............

....

Je l'aime aussi pour sa démarche.

« Même quand l'oiseau marche on sent qu'il a des ailes », a dit le poète.

Quand elle passe on sent qu'elle est d'une autre race que les femmes ordinaires, d'une race plus légère et plus divine..............

....

Je l'épouse demain... J'ai peur... j'ai peur de tant de choses..............

....

Deux bêtes, deux chiens, deux loups, deux renards, rôdent par les bois et se rencontrent. L'un est mâle, l'autre femelle. Ils s'accouplent. Ils s'accouplent par un instinct bestial qui les force à continuer la race, leur race, celle dont ils ont la forme, le poil, la taille, les mouvements et les habitudes.

Toutes les bêtes en font autant, sans savoir pourquoi !

Nous aussi..............

....

C'est cela que j'ai fait en l'épousant, j'ai obéi à cet imbécile emportement qui nous jette vers la femelle.

Elle est ma femme. Tant que je l'ai idéalement désirée elle fut pour moi le rêve irréalisable près de se réaliser. À partir de la seconde même où je l'ai tenue dans mes bras elle ne fut plus que l'être dont la nature s'était servie pour tromper toutes mes espérances.

Les a-t-elle trompées ? – Non. Et pourtant je suis las d'elle, las à ne pouvoir la toucher, l'effleurer de ma main ou de mes lèvres sans que mon cœur soit soulevé par un dégoût inexprimable, non peut-être le dégoût d'elle, mais un dégoût plus haut, plus grand, plus méprisant, le dégoût de l'étreinte amoureuse, si vile, qu'elle est devenue, pour tous les êtres affinés, un acte honteux qu'il faut cacher, dont on ne parle qu'à voix basse, en rougissant....................
....

Je ne peux plus voir ma femme venir vers moi, m'appelant du sourire, du regard et des bras. Je ne peux plus. J'ai cru jadis que son baiser m'emporterait dans le ciel. Elle fut souffrante, un jour, d'une fièvre passagère, et je sentis dans son haleine le souffle léger, subtil, presque insaisissable des pourritures humaines. Je fus bouleversé !

Oh ! la chair, fumier séduisant et vivant, putréfaction qui marche, qui pense, qui parle, qui regarde et qui sourit, où les nourritures fermentent et qui est rose, jolie, tentante, trompeuse comme l'âme
....

Pourquoi les fleurs, seules, sentent-elles si bon, les grandes fleurs éclatantes ou pâles, dont les tons, les nuances font frémir mon cœur et troublent mes yeux ? Elles sont si belles, de structures si fines, si variées et si sensuelles, entr'ouvertes comme des organes, plus tentantes que des bouches, et creuses avec des lèvres retournées, dentelées, charnues, poudrées d'une semence de vie qui, dans chacune, engendre un parfum différent[1].

---

1. Comment ne pas penser à *À Rebours* de Huysmans (1884), à la passion de des Esseintes pour les fleurs, à ces nouvelles fleurs du mal, toujours plus étranges, subtiles, suffocantes, dont se grise la littérature symboliste et décadente, dont l'art nouveau exalte le motif ?... Fleurs de serres dans lesquelles, avec délices, on s'enferme, on s'abrite, pour s'engloutir enfin.
Dans cette fin de siècle, la fleur affiche immédiatement le sexe ; l'exposition, romanesque, picturale, du végétal dit aussitôt les aventures de la sexualité. Nature et artifice, délicatesse et morbidité, névrose et frénésie : la féminité s'effeuille jusqu'au calice, à corps ouvert. De

Elles se reproduisent, elles, elles seules, au monde,
sans souillure pour leur inviolable race, évaporant
autour d'elles l'encens divin de leur amour, la sueur
odorante de leurs caresses, l'essence de leurs corps
incomparables, de leurs corps parés de toutes les
grâces, de toutes les élégances, de toutes les formes,
qui ont la coquetterie de toutes les colorations et
la séduction enivrante de toutes les senteurs ....
....

Fragments choisis, six mois plus tard

... J'aime les fleurs, non point comme des fleurs,
mais comme des êtres matériels et délicieux ; je
passe mes jours et mes nuits dans les serres où je
les cache ainsi que les femmes des harems.

Qui connaît, hors moi, la douceur, l'affolement,
l'extase frémissante, charnelle, idéale, surhumaine
de ces tendresses ; et ces baisers sur la chair rose,
sur la chair rouge, sur la chair blanche miraculeuse-
ment différente, délicate, rare, fine, onctueuse des
admirables fleurs ?

J'ai des serres où personne ne pénètre que moi
et celui qui en prend soin[1].

J'entre là comme on se glisse en un lieu de plaisir
secret. Dans la haute galerie de verre, je passe
d'abord entre deux foules de corolles fermées,
entr'ouvertes ou épanouies qui vont en pente de la
terre au toit. C'est le premier baiser qu'elles
m'envoient.

Celles-là, ces fleurs-là, celles qui parent ce vestibule

Huysmans à Jean Lorrain, de Maupassant à Mirbeau, de Zola à Marcel
Proust, chacun conduit plus avant les noces de la fleur et du désir, de
la corolle et des caresses, de l'inclination artiste pour le beau aux
hallucinations, à la folie... C'est à quoi conduit généralement la chasteté
idéale de l'amateur de fleurs.

1. Dans son appartement de la rue Montchanin, Maupassant avait
lui-même installé une serre. Dans ses souvenirs, le peintre Gervex évoque
également, parmi les farces de l'écrivain, une guirlande d'ampoules
électriques de couleurs, disposée sur une verrière, que Maupassant faisait
clignoter pour « effarer » les voisins... Maupassant gagné par la fée
électricité, Maupassant féerique, jusque dans les étincelles qu'il tire de
ses cheveux en y passant la main ! Tout le contraire, on le voit, de
l'image vigoureuse du canotier des bords de Seine.

de mes passions mystérieuses sont mes servantes et non mes favorites.

Elles me saluent au passage de leur éclat changeant et de leurs fraîches exhalaisons. Elles sont mignonnes, coquettes, étagées sur huit rangs à droite et sur huit rangs à gauche, et si pressées qu'elles ont l'air de deux jardins venant jusqu'à mes pieds.

Mon cœur palpite, mon œil s'allume à les voir, mon sang s'agite dans mes veines, mon âme s'exalte, et mes mains déjà frémissent du désir de les toucher. Je passe. Trois portes sont fermées au fond de cette haute galerie. Je peux choisir. J'ai trois harems.

Mais j'entre le plus souvent chez les orchidées, mes endormeuses préférées. Leur chambre est basse, étouffante. L'air humide et chaud rend moite la peau, fait haleter la gorge et trembler les doigts. Elles viennent, ces filles étranges, de pays marécageux, brûlants et malsains. Elles sont attirantes comme des sirènes, mortelles comme des poisons, admirablement bizarres, énervantes, effrayantes. En voici qui semblent des papillons avec des ailes énormes, des pattes minces, des yeux ! Car elles ont des yeux ! Elles me regardent, elles me voient, êtres prodigieux, invraisemblables, fées, filles de la terre sacrée, de l'air impalpable et de la chaude lumière, cette mère du monde. Oui, elles ont des ailes, et des yeux et des nuances qu'aucun peintre n'imite, tous les charmes, toutes les grâces, toutes les formes qu'on peut rêver. Leur flanc se creuse, odorant et transparent, ouvert pour l'amour et plus tentant que toute la chair des femmes. Les inimaginables dessins de leurs petits corps jettent l'âme grisée dans le paradis des images et des voluptés idéales. Elles tremblent sur leurs tiges comme pour s'envoler. Vont-elles s'envoler, venir à moi ? Non, c'est mon cœur qui vole au-dessus d'elles comme un mâle mystique et torturé d'amour.

Aucune aile de bête ne peut les effleurer. Nous sommes seuls, elles et moi, dans la prison claire que je leur ai construite. Je les regarde et je les contemple, je les admire, je les adore l'une après l'autre.

Comme elles sont grasses, profondes, roses, d'un

rose qui mouille les lèvres de désir ! Comme je les aime ! Le bord de leur calice est frisé, plus pâle que leur gorge et la corolle s'y cache, bouche mystérieuse, attirante, sucrée sous la langue, montrant et dérobant les organes délicats, admirables et sacrés de ces divines petites créatures qui sentent bon et ne parlent pas.

J'ai parfois pour une d'elles une passion qui dure autant que son existence, quelques jours, quelques soirs. On l'enlève alors de la galerie commune et on l'enferme dans un mignon cabinet de verre où murmure un fil d'eau contre un lit de gazon tropical venu des îles du grand Pacifique. Et je reste près d'elle, ardent, fiévreux et tourmenté, sachant sa mort si proche, et la regardant se faner, tandis que je la possède, que j'aspire, que je bois, que je cueille sa courte vie d'une inexprimable caresse......................

....

Lorsqu'il eut terminé la lecture de ces fragments, l'avocat reprit :

La décence, messieurs les juges, m'empêche de continuer à vous communiquer les singuliers aveux de ce fou honteusement idéaliste. Les quelques fragments que je viens de vous soumettre vous suffiront, je crois, pour apprécier ce cas de maladie mentale, moins rare qu'on ne croit dans notre époque de démence hystérique et de décadence corrompue.

Je pense donc que ma cliente est plus autorisée qu'aucune autre femme à réclamer le divorce, dans la situation exceptionnelle où la place l'étrange égarement des sens de son mari.

QUI SAIT[1] ?

I

Mon Dieu! Mon Dieu! Je vais donc écrire enfin ce qui m'est arrivé! Mais le pourrai-je? l'oserai-je? cela est si bizarre, si inexplicable, si incompréhensible, si fou!

Si je n'étais sûr de ce que j'ai vu, sûr qu'il n'y a eu, dans mes raisonnements, aucune défaillance, aucune erreur dans mes constatations, pas de lacune dans la suite inflexible de mes observations, je me croirais un simple halluciné, le jouet d'une étrange vision. Après tout, qui sait?

Je suis aujourd'hui dans une maison de santé; mais j'y suis entré volontairement, par prudence, par peur! Un seul être connaît mon histoire. Le médecin d'ici. Je vais l'écrire. Je ne sais trop pourquoi? Pour m'en débarrasser, car je la sens en moi comme un intolérable cauchemar.

La voici :

J'ai toujours été un solitaire, un rêveur, une sorte de philosophe isolé, bienveillant, content de peu, sans aigreur contre les hommes et sans rancune contre le ciel. J'ai vécu seul, sans cesse, par suite d'une sorte de gêne qu'insinue en moi la présence des autres. Comment expliquer cela? Je ne le pourrais. Je ne refuse pas de voir le monde, de causer, de dîner avec des amis, mais lorsque je les sens depuis longtemps près de moi, même les plus familiers, ils me lassent, me fatiguent, m'énervent, et

---

1. Paru dans *L'Écho de Paris* en avril 1890.

j'éprouve une envie grandissante, harcelante, de les voir partir ou de m'en aller, d'être seul.

Cette envie est plus qu'un besoin, c'est une nécessité irrésistible. Et si la présence des gens avec qui je me trouve continuait, si je devais, non pas écouter, mais entendre longtemps encore leurs conversations, il m'arriverait, sans aucun doute, un accident. Lequel? Ah! qui sait? Peut-être une simple syncope? oui! probablement!

J'aime tant être seul que je ne puis même supporter le voisinage d'autres êtres dormant sous mon toit; je ne puis habiter Paris parce que j'y agonise indéfiniment. Je meurs moralement, et suis aussi supplicié dans mon corps et dans mes nerfs par cette immense foule qui grouille, qui vit autour de moi, même quand elle dort. Ah! le sommeil des autres m'est plus pénible encore que leur parole. Et je ne peux jamais me reposer, quand je sais, quand je sens, derrière un mur, des existences interrompues par ces régulières éclipses de la raison.

Pourquoi suis-je ainsi? Qui sait? La cause en est peut-être fort simple: je me fatigue très vite de tout ce qui ne se passe pas en moi. Et il y a beaucoup de gens dans mon cas.

Nous sommes deux races sur la terre. Ceux qui ont besoin des autres, que les autres distraient, occupent, reposent, et que la solitude harasse, épuise, anéantit, comme l'ascension d'un terrible glacier ou la traversée du désert, et ceux que les autres, au contraire, lassent, ennuient, gênent, courbaturent, tandis que l'isolement les calme, les baigne de repos dans l'indépendance et la fantaisie de leur pensée.

En somme, il y a là un normal phénomène psychique. Les uns sont doués pour vivre en dehors, les autres pour vivre en dedans. Moi, j'ai l'attention extérieure courte et vite épuisée, et, dès qu'elle arrive à ses limites, j'en éprouve dans tout mon corps et dans toute mon intelligence, un intolérable malaise.

Il en est résulté que je m'attache, que je m'étais attaché beaucoup aux objets inanimés qui prennent, pour moi, une importance d'êtres, et que ma maison est devenue, était devenue, un monde où je vivais d'une vie solitaire et active, au milieu de choses, de meubles, de bibelots familiers, sympathiques à mes yeux comme des visages. Je l'en avais emplie peu à peu, je l'en avais parée, et je me sentais dedans, content, satisfait, bien heureux comme entre les bras d'une femme aimable dont la caresse accoutumée est devenue un calme et doux besoin.

J'avais fait construire cette maison dans un beau jardin qui l'isolait des routes, et à la porte d'une ville où je pouvais trouver, à l'occasion, les ressources de société dont je sentais, par moments, le désir. Tous mes domestiques couchaient dans un bâtiment éloigné, au fond du potager, qu'entourait un grand mur. L'enveloppement obscur des nuits, dans le silence de ma demeure perdue, cachée, noyée sous les feuilles des grands arbres, m'était si reposant et si bon, que j'hésitais chaque soir, pendant plusieurs heures, à me mettre au lit pour le savourer plus longtemps.

Ce jour-là, on avait joué *Sigurd*[1] au théâtre de la ville. C'était la première fois que j'entendais ce beau drame musical et féerique, et j'y avais pris un vif plaisir.

Je revenais à pied, d'un pas allègre, la tête pleine de phrases sonores, et le regard hanté par de jolies visions. Il faisait noir, noir, mais noir au point que je distinguais à peine la grande route, et que je faillis, plusieurs fois, culbuter dans le fossé. De l'octroi[2] chez moi, il y a un kilomètre environ, peut-être un peu plus, soit vingt minutes de marche lente. Il était une heure du matin, une heure ou une heure et demie ; le ciel s'éclaircit un peu devant moi et le croissant parut, le triste croissant du dernier quartier de la lune. Le croissant du premier quartier, celui qui se lève à quatre ou cinq heures du soir, est clair, gai, frotté d'argent, mais celui qui se lève après minuit est rougeâtre, morne, inquiétant ; c'est le vrai croissant du Sabbat. Tous les noctambules ont dû faire cette remarque. Le pre-

---

1. Opéra de Reyer aux accents wagnériens. Il introduit précisément le motif de la féerie, qui basculera bientôt dans l'angoisse, dans l'épouvante, le fantastique. On retrouvera ainsi, parmi les meubles en fuite, un grand piano à queue passant « avec un galop de cheval emporté ».
2. Le bureau, la barrière de l'octroi – où la municipalité perçoit l'impôt sur certaines marchandises.

mier, fût-il mince comme un fil, jette une petite
lumière joyeuse qui réjouit le cœur, et dessine sur
la terre des ombres nettes ; le dernier répand à peine
une lueur mourante, si terne qu'elle ne fait presque
pas d'ombres.

J'aperçus au loin la masse sombre de mon jardin,
et je ne sais d'où me vint une sorte de malaise à
l'idée d'entrer là dedans. Je ralentis le pas. Il faisait
très doux. Le gros tas d'arbres avait l'air d'un tombeau où ma maison était ensevelie.

J'ouvris ma barrière et je pénétrai dans la longue
allée de sycomores, qui s'en allait vers le logis,
arquée en voûte comme un haut tunnel, traversant
des massifs opaques et contournant des gazons où
les corbeilles de fleurs plaquaient, sous les ténèbres
pâlies, des taches ovales aux nuances indistinctes.

En approchant de la maison, un trouble bizarre
me saisit. Je m'arrêtai. On n'entendait rien. Il n'y
avait pas dans les feuilles un souffle d'air. « Qu'est-ce
que j'ai donc ? » pensai-je. Depuis dix ans je rentrais
ainsi sans que jamais la moindre inquiétude m'eût
effleuré. Je n'avais pas peur. Je n'ai jamais eu peur,
la nuit. La vue d'un homme, d'un maraudeur, d'un
voleur m'aurait jeté une rage dans le corps, et j'aurais
sauté dessus sans hésiter. J'étais armé, d'ailleurs.
J'avais mon revolver. Mais je n'y touchai point, car
je voulais résister à cette influence de crainte qui
germait en moi.

Qu'était-ce ? Un pressentiment ? Le pressentiment
mystérieux qui s'empare des sens des hommes quand
ils vont voir de l'inexplicable ? Peut-être ? Qui sait ?

À mesure que j'avançais, j'avais dans la peau des
tressaillements, et quand je fus devant le mur, aux
auvents clos, de ma vaste demeure, je sentis qu'il
me faudrait attendre quelques minutes avant d'ouvrir
la porte et d'entrer dedans. Alors, je m'assis sur un
banc, sous les fenêtres de mon salon. Je restai là,
un peu vibrant, la tête appuyée contre la muraille,
les yeux ouverts sur l'ombre des feuillages. Pendant
ces premiers instants, je ne remarquai rien d'insolite
autour de moi. J'avais dans les oreilles quelques
ronflements ; mais cela m'arrive souvent. Il me
semble parfois que j'entends passer des trains, que

j'entends sonner des cloches, que j'entends marcher une foule.

Puis bientôt, ces ronflements devinrent plus distincts, plus précis, plus reconnaissables. Je m'étais trompé. Ce n'était pas le bourdonnement ordinaire de mes artères qui mettait dans mes oreilles ces rumeurs, mais un bruit très particulier, très confus cependant, qui venait, à n'en point douter, de l'intérieur de ma maison.

Je le distinguais à travers le mur, ce bruit continu, plutôt une agitation qu'un bruit, un remuement vague d'un tas de choses, comme si on eût secoué, déplacé, traîné doucement tous mes meubles.

Oh! je doutai, pendant un temps assez long encore, de la sûreté de mon oreille. Mais l'ayant collée contre un auvent pour mieux percevoir ce trouble étrange de mon logis, je demeurai convaincu, certain, qu'il se passait chez moi quelque chose d'anormal et d'incompréhensible. Je n'avais pas peur, mais j'étais... comment exprimer cela... effaré d'étonnement. Je n'armai pas mon revolver – devinant fort bien que je n'en avais nul besoin. J'attendis.

J'attendis longtemps, ne pouvant me décider à rien, l'esprit lucide, mais follement anxieux. J'attendis, debout, écoutant toujours le bruit qui grandissait, qui prenait, par moments, une intensité violente, qui semblait devenir un grondement d'impatience, de colère, d'émeute mystérieuse.

Puis soudain, honteux de ma lâcheté, je saisis mon trousseau de clefs, je choisis celle qu'il me fallait, je l'enfonçai dans la serrure, je la fis tourner deux fois, et poussant la porte de toute ma force, j'envoyai le battant heurter la cloison.

Le coup sonna comme une détonation de fusil, et voilà qu'à ce bruit d'explosion répondit, du haut en bas de ma demeure, un formidable tumulte. Ce fut si subit, si terrible, si assourdissant que je reculai de quelques pas, et que, bien que le sentant toujours inutile, je tirai de sa gaine mon revolver.

J'attendis encore, oh! peu de temps. Je distinguais, à présent, un extraordinaire piétinement sur les marches de mon escalier, sur les parquets, sur les tapis, un piétinement, non pas de chaussures, de souliers humains, mais de béquilles, de béquilles de bois et de béquilles de fer qui vibraient comme des cymbales. Et voilà que j'aperçus tout à coup, sur le seuil de ma porte, un fauteuil, mon grand fauteuil de lecture, qui sortait en se dandinant. Il s'en alla par le jardin. D'autres le suivaient, ceux de mon salon, puis les canapés bas et se traînant comme des crocodiles sur leurs courtes pattes, puis toutes mes chaises, avec des bonds de chèvres, et les petits tabourets qui trottaient comme des lapins.

Oh! quelle émotion! Je me glissai dans un massif où je demeurai accroupi, contemplant toujours ce défilé de mes meubles, car ils s'en allaient tous, l'un derrière l'autre, vite ou lentement, selon leur taille et leur poids. Mon piano, mon grand piano à queue, passa avec un galop de cheval emporté et un murmure de musique dans le flanc, les moindres objets glissaient sur le sable comme des fourmis, les brosses, les cristaux, les coupes, où le clair de lune accrochait des phosphorescences de vers luisants. Les étoffes rampaient, s'étalaient en flaques à la façon des pieuvres de la mer. Je vis paraître mon bureau, un rare bibelot du dernier siècle, et qui contenait toutes les lettres que j'ai reçues, toute l'histoire de mon cœur, une vieille histoire dont j'ai tant souffert! Et dedans étaient aussi des photographies.

Soudain, je n'eus plus peur, je m'élançai sur lui et je le saisis comme on saisit un voleur, comme on saisit une femme qui fuit; mais il allait d'une course irrésistible, et malgré mes efforts, et malgré ma colère, je ne pus même ralentir sa marche. Comme je résistais en désespéré à cette force épouvantable, je m'abattis par terre en luttant contre lui. Alors, il me roula, me traîna sur le sable, et déjà les meubles, qui le suivaient, commençaient à marcher sur moi, piétinant mes jambes et les meurtrissant; puis, quand je l'eus lâché, les autres passèrent sur mon corps ainsi qu'une charge de cavalerie sur un soldat démonté.

Fou d'épouvante enfin, je pus me traîner hors de la grande allée et me cacher de nouveau dans les arbres, pour regarder disparaître les plus infimes objets, les plus petits, les plus modestes, les plus ignorés de moi, qui m'avaient appartenu.

Puis j'entendis, au loin, dans mon logis sonore à présent comme les maisons vides, un formidable bruit de portes refermées. Elles claquèrent du haut en bas de la demeure, jusqu'à ce que celle du vestibule que j'avais ouverte moi-même, insensé, pour ce départ, se fût close, enfin, la dernière.

Je m'enfuis aussi, courant vers la ville, et je ne repris mon sang-froid que dans les rues, en rencontrant des gens attardés. J'allai sonner à la porte d'un hôtel où j'étais connu. J'avais battu, avec mes mains, mes vêtements, pour en détacher la poussière, et je racontai que j'avais perdu mon trousseau de clefs, qui contenait aussi celle du potager, où couchaient mes domestiques en une maison isolée, derrière le mur de clôture qui préservait mes fruits et mes légumes de la visite des maraudeurs.

Je m'enfonçai jusqu'aux yeux dans le lit qu'on me donna. Mais je ne pus dormir, et j'attendis le jour en écoutant bondir mon cœur. J'avais ordonné qu'on prévînt mes gens dès l'aurore, et mon valet de chambre heurta ma porte à sept heures du matin.

Son visage semblait bouleversé.

«Il est arrivé cette nuit un grand malheur, monsieur, dit-il.

– Quoi donc?

– On a volé tout le mobilier de monsieur, tout, tout, jusqu'aux plus petits objets.»

Cette nouvelle me fit plaisir. Pourquoi? qui sait? J'étais fort maître de moi, sûr de dissimuler, de ne rien dire à personne de ce que j'avais vu, de le cacher, de l'enterrer dans ma conscience comme un effroyable secret. Je répondis :

«Alors, ce sont les mêmes personnes qui m'ont volé mes clefs. Il faut prévenir tout de suite la police. Je me lève et je vous y rejoindrai dans quelques instants.»

L'enquête dura cinq mois. On ne découvrit rien, on ne trouva ni le plus petit de mes bibelots, ni la plus légère trace des voleurs. Parbleu! Si j'avais dit ce que je savais... Si je l'avais dit... on m'aurait enfermé, moi, pas les voleurs, mais l'homme qui avait pu voir une pareille chose.

Oh! je sus me taire. Mais je ne remeublai pas ma maison. C'était bien inutile. Cela aurait recommencé toujours. Je n'y voulais plus rentrer. Je n'y rentrai pas. Je ne la revis point.

Je vins à Paris, à l'hôtel, et je consultai des médecins sur mon état nerveux qui m'inquiétait beaucoup depuis cette nuit déplorable.

Ils m'engagèrent à voyager. Je suivis leur conseil.

II

Je commençai par une excursion en Italie. Le soleil me fit du bien. Pendant six mois, j'errai de Gênes à Venise, de Venise à Florence, de Florence à Rome, de Rome à Naples. Puis je parcourus la Sicile, terre admirable par sa nature et ses monuments, reliques laissées par les Grecs et les Normands. Je passai en Afrique, je traversai pacifiquement ce grand désert jaune et calme, où errent des chameaux, des gazelles et des Arabes vagabonds, où, dans l'air léger et transparent, ne flotte aucune hantise, pas plus la nuit que le jour.

Je rentrai en France par Marseille, et malgré la gaieté provençale, la lumière diminuée du ciel m'attrista. Je ressentis, en revenant sur le continent, l'étrange impression d'un malade qui se croit guéri et qu'une douleur sourde prévient que le foyer du mal n'est pas éteint.

Puis je revins à Paris. Au bout d'un mois, je m'y ennuyai. C'était à l'automne, et je voulus faire, avant l'hiver, une excursion à travers la Normandie, que je ne connaissais pas[1].

---

1. Retour à Rouen – après l'évocation des terres du Sud, après l'installation en Provence. Toute la puissance de la nouvelle réside dans cette étrangeté avec laquelle le narrateur explore, découvre avec admiration et inquiétude les lieux les plus familiers de l'écrivain. Maupassant étranger partout, partout de passage, et surtout à Rouen?... Il n'aura donc pu s'installer nulle part; il n'aura pas même su sauver les meubles... Le domicile est hanté, l'hôtel si triste, la maison de santé peu sûre.

Je commençai par Rouen, bien entendu, et pendant huit jours, j'errai distrait, ravi, enthousiasmé, dans cette ville du moyen âge, dans ce surprenant musée d'extraordinaires monuments gothiques.

Or, un soir, vers quatre heures, comme je m'engageais dans une rue invraisemblable où coule une rivière noire comme de l'encre nommée « Eau de Robec », mon attention, toute fixée sur la physionomie bizarre et antique des maisons, fut détournée tout à coup par la vue d'une série de boutiques de brocanteurs qui se suivaient de porte en porte.

Ah! ils avaient bien choisi leur endroit, ces sordides trafiquants de vieilleries, dans cette fantastique ruelle, au-dessus de ce cours d'eau sinistre, sous ces toits pointus de tuiles et d'ardoises où grinçaient encore les girouettes du passé!

Au fond des noirs magasins, on voyait s'entasser les bahuts sculptés, les faïences de Rouen, de Nevers, de Moustiers, des statues peintes, d'autres en chêne, des Christ, des vierges, des saints, des ornements d'église, des chasubles, des chapes, même des vases sacrés et un vieux tabernacle en bois doré d'où Dieu avait déménagé. Oh! les singulières cavernes en ces hautes maisons, en ces grandes maisons, pleines, des caves aux greniers, d'objets de toute nature, dont l'existence semblait finie, qui survivaient à leurs naturels possesseurs, à leur siècle, à leur temps, à leurs modes, pour être achetés, comme curiosités, par les nouvelles générations.

Ma tendresse pour les bibelots se réveillait dans cette cité d'antiquaires. J'allais de boutique en boutique, traversant, en deux enjambées, les ponts de quatre planches pourries jetées sur le courant nauséabond de l'Eau de Robec[1].

Miséricorde! Quelle secousse! Une de mes plus belles armoires m'apparut au bord d'une voûte encombrée d'objets et qui semblait l'entrée des cata-

---

Reste l'image hallucinante de l'antiquaire dans le magasin engorgé, encombré d'objets, la bougie éclairant son crâne nu.

1. Le passage du pont, de cette petite rivière, qui existe effectivement à Rouen, assure l'entrée aux Enfers, comme l'éprouvent souvent héros antiques et chevaliers du Moyen Âge, avant de rencontrer sorcières et sorciers, et leurs enchantements.

combes d'un cimetière de meubles anciens. Je m'approchai tremblant de tous mes membres, tremblant tellement que je n'osais pas la toucher. J'avançais la main, j'hésitais. C'était bien elle, pourtant : une armoire Louis XIII unique, reconnaissable par quiconque avait pu la voir une seule fois. Jetant soudain les yeux un peu plus loin, vers les profondeurs plus sombres de cette galerie, j'aperçus trois de mes fauteuils couverts de tapisserie au petit point, puis, plus loin encore, mes deux tables Henri II, si rares qu'on venait les voir de Paris.

Songez! songez à l'état de mon âme!

Et j'avançai, perclus, agonisant d'émotion, mais j'avançai, car je suis brave, j'avançai comme un chevalier des époques ténébreuses pénétrait en un séjour de sortilèges. Je retrouvais, de pas en pas, tout ce qui m'avait appartenu, mes lustres, mes livres, mes tableaux, mes étoffes, mes armes, tout, sauf le bureau plein de mes lettres, et que je n'aperçus point.

J'allais, descendant à des galeries obscures pour remonter ensuite aux étages supérieurs. J'étais seul. J'appelais, on ne répondait point. J'étais seul; il n'y avait personne en cette maison vaste et tortueuse comme un labyrinthe.

La nuit vint, et je dus m'asseoir, dans les ténèbres, sur une de mes chaises, car je ne voulais point m'en aller. De temps en temps je criais : « Holà! holà! quelqu'un! »

J'étais là, certes, depuis plus d'une heure quand j'entendis des pas, des pas légers, lents, je ne sais où. Je faillis me sauver; mais, me raidissant, j'appelai de nouveau, et, j'aperçus une lueur dans la chambre voisine.

« Qui est là? » dit une voix.

Je répondis :

« Un acheteur. »

On répliqua :

« Il est bien tard pour entrer ainsi dans les boutiques. »

Je repris :

« Je vous attends depuis plus d'une heure.

— Vous pouviez revenir demain.

« – Demain, j'aurai quitté Rouen. »

Je n'osais point avancer, et il ne venait pas. Je voyais toujours la lueur de sa lumière éclairant une tapisserie où deux anges volaient au-dessus des morts d'un champ de bataille. Elle m'appartenait aussi. Je dis :

« Eh bien ! Venez-vous ? »

Il répondit :

« Je vous attends. »

Je me levai et j'allai vers lui.

Au milieu d'une grande pièce était un tout petit homme, tout petit et très gros, gros comme un phénomène, un hideux phénomène.

Il avait une barbe rare, aux poils inégaux, clairsemés et jaunâtres, et pas un cheveu sur la tête ! Pas un cheveu ! Comme il tenait sa bougie élevée à bout de bras pour m'apercevoir, son crâne m'apparut comme une petite lune dans cette vaste chambre encombrée de vieux meubles. La figure était ridée et bouffie, les yeux imperceptibles.

Je marchandai trois chaises qui étaient à moi, et les payai sur-le-champ une grosse somme, en donnant simplement le numéro de mon appartement à l'hôtel. Elles devaient être livrées le lendemain avant neuf heures.

Puis je sortis. Il me reconduisit jusqu'à sa porte avec beaucoup de politesse.

Je me rendis ensuite chez le commissaire central de la police, à qui je racontai le vol de mon mobilier et la découverte que je venais de faire.

Il demanda séance tenante des renseignements par télégraphe au parquet qui avait instruit l'affaire de ce vol, en me priant d'attendre la réponse. Une heure plus tard, elle lui parvint tout à fait satisfaisante pour moi.

« Je vais faire arrêter cet homme et l'interroger tout de suite, me dit-il, car il pourrait avoir conçu quelque soupçon et faire disparaître ce qui vous appartient. Voulez-vous aller dîner et revenir dans deux heures, je l'aurai ici et je lui ferai subir un nouvel interrogatoire devant vous.

– Très volontiers, monsieur. Je vous remercie de tout mon cœur. »

J'allai dîner à mon hôtel, et je mangeai mieux que je n'aurais cru. J'étais assez content tout de même. On le tenait.

Deux heures plus tard, je retournai chez le fonctionnaire de la police qui m'attendait.

« Eh bien ! monsieur, me dit-il en m'apercevant. On n'a pas trouvé votre homme. Mes agents n'ont pu mettre la main dessus. »

Ah ! Je me sentis défaillir.

« Mais... Vous avez bien trouvé sa maison ? demandai-je.

— Parfaitement. Elle va même être surveillée et gardée jusqu'à son retour. Quant à lui, disparu.

— Disparu ?

— Disparu. Il passe ordinairement ses soirées chez sa voisine, une brocanteuse aussi, une drôle de sorcière, la veuve Bidoin. Elle ne l'a pas vu ce soir et ne peut donner sur lui aucun renseignement. Il faut attendre demain. »

Je m'en allai. Ah ! que les rues de Rouen me semblèrent sinistres, troublantes, hantées.

Je dormis si mal, avec des cauchemars à chaque bout de sommeil.

Comme je ne voulais pas paraître trop inquiet ou pressé, j'attendis dix heures, le lendemain, pour me rendre à la police.

Le marchand n'avait pas reparu. Son magasin demeurait fermé.

Le commissaire me dit :

« J'ai fait toutes les démarches nécessaires. Le parquet est au courant de la chose ; nous allons aller ensemble à cette boutique et la faire ouvrir, vous m'indiquerez tout ce qui est à vous. »

Un coupé[1] nous emporta. Des agents stationnaient, avec un serrurier, devant la porte de la boutique, qui fut ouverte.

Je n'aperçus, en entrant, ni mon armoire, ni mes fauteuils, ni mes tables, ni rien, rien, de ce qui avait meublé ma maison, mais rien, alors que la veille au soir je ne pouvais faire un pas sans rencontrer un de mes objets.

---

1. Un coupé, voiture fermée à quatre roues.

Le commissaire central, surpris, me regarda d'abord avec méfiance.

« Mon Dieu, monsieur, lui dis-je, la disparition de ces meubles coïncide étrangement avec celle du marchand. »

Il sourit :

« C'est vrai ! Vous avez eu tort d'acheter et de payer des bibelots à vous, hier. Cela lui a donné l'éveil. »

Je repris :

« Ce qui me paraît incompréhensible, c'est que toutes les places occupées par mes meubles sont maintenant remplies par d'autres.

— Oh ! répondit le commissaire, il a eu toute la nuit, et des complices sans doute. Cette maison doit communiquer avec les voisines. Ne craignez rien, monsieur, je vais m'occuper très activement de cette affaire. Le brigand ne nous échappera pas longtemps puisque nous gardons la tanière. »

....

Ah ! mon cœur, mon cœur, mon pauvre cœur, comme il battait !

....

Je demeurai quinze jours à Rouen. L'homme ne revint pas. Parbleu ! parbleu ! Cet homme-là qui est-ce qui aurait pu l'embarrasser ou le surprendre ?

Or, le seizième jour, au matin, je reçus de mon jardinier, gardien de ma maison pillée et demeurée vide, l'étrange lettre que voici :

« MONSIEUR,

« J'ai l'honneur d'informer monsieur qu'il s'est passé, la nuit dernière, quelque chose que personne ne comprend, et la police pas plus que nous. Tous les meubles sont revenus, tous sans exception, tous, jusqu'aux plus petits objets. La maison est maintenant toute pareille à ce qu'elle était la veille du vol. C'est à en perdre la tête. Cela s'est fait dans la nuit de vendredi à samedi. Les chemins sont défoncés comme si on avait traîné tout de la barrière à la porte. Il en était ainsi le jour de la disparition.

«Nous attendons monsieur, dont je suis le très humble serviteur.

« RAUDIN, PHILIPPE. »

Ah! mais non, ah! mais non, ah! mais non. Je n'y retournerai pas!

Je portai la lettre au commissaire de Rouen.

«C'est une restitution très adroite, dit-il. Faisons les morts. Nous pincerons l'homme un de ces jours.»

....

Mais on ne l'a pas pincé. Non. Ils ne l'ont pas pincé, et j'ai peur de lui, maintenant, comme si c'était une bête féroce lâchée derrière moi.

Introuvable! il est introuvable, ce monstre à crâne de lune! On ne le prendra jamais. Il ne reviendra point chez lui. Que lui importe à lui. Il n'y a que moi qui peux le rencontrer, et je ne veux pas.

Je ne veux pas! je ne veux pas! je ne veux pas!

Et s'il revient, s'il rentre dans sa boutique, qui pourra prouver que mes meubles étaient chez lui? Il n'y a contre lui que mon témoignage, et je sens bien qu'il devient suspect.

Ah! mais non! cette existence n'était plus possible. Et je ne pouvais pas garder le secret de ce que j'ai vu. Je ne pouvais pas continuer à vivre comme tout le monde avec la crainte que des choses pareilles recommençassent.

Je suis venu trouver le médecin qui dirige cette maison de santé, et je lui ai tout raconté.

Après m'avoir interrogé longtemps, il m'a dit:

«Consentiriez-vous, monsieur, à rester quelque temps ici?

– Très volontiers, monsieur.

– Vous avez de la fortune?

– Oui, monsieur.

– Voulez-vous un pavillon isolé?

– Oui, monsieur.

– Voudrez-vous recevoir des amis?

– Non, monsieur, non, personne. L'homme de Rouen pourrait oser, par vengeance, me poursuivre ici.»

....

Et je suis seul, seul, tout seul, depuis trois mois. Je suis tranquille à peu près. Je n'ai qu'une peur... Si l'antiquaire devenait fou... et si on l'amenait en cet asile... Les prisons elles-mêmes ne sont pas sûres.

DOSSIER

Lettres du canotier

De Paris, du ministère où il se morfond dans l'ombre des bureaux, Maupassant court aux bords de Seine. Argenteuil, Chatou, Bougival... En bande, en canot, éprouvant l'ivresse des muscles, des membres dont aucun ne demeure en reste, Maupassant exhibe sa forte encolure dans la tenue des canotiers. L'amitié, l'appartenance au groupe, s'exerce à travers l'effort sportif, les farces collectives, les fritures et les filles partagées dans l'insouciance communautaire. Des idées de nouvelles lui viennent : c'est l'écrivain qui canote, se baigne, ouvre l'œil au soleil, multiplie les prouesses.

On trouvera ici quelques extraits de la correspondance de Maupassant[1], quelques lettres du canotier qui répand autour de lui des nouvelles d'Aspergopolis.

À LÉON FONTAINE
Ministère de la Marine et des Colonies

28 août 1873.

Épistre de Maistre Joseph Prunier[2], canoteur ès eaux de Bezons et lieux circonvoisins, au très honoré « Petit-Bleu » Roquetaillade.

Après fort nombreux apéritifs, nous mismes à banqueter 2591 bouteilles de vin d'Argenteuil (je cuyde ce païs avoir été appelé Argenteuil parce que y faire toujours à Argentœil, c'est-à-dire bon œil).

678 bouteilles de bon vin de Bordeaux (je cuyde ce païs avoir esté appelé Bordeaux parce que toujours y mettre beuvant en un verre au bord eau, mais jamais dedans).

746 bouteilles de Pomard (je cuyde ce vin avoir esté appelé Pomard parce que estre faict avec tant de Art

1. Citée d'après l'édition de J. Suffel, le Cercle précieux du bibliophile, Évreux, 1973.
2. Joseph Prunier (Guy de Maupassant), Petit-Bleu (Léon Fontaine), la Tôque (Robert Pinchon), tous membres de *l'Union* des canotiers.

que si le bergier Paris eust bû d'icelui, lui avoir baillé la pomme plustôt qu'à Vesnus comme dict Homerus).

27 941 muids de Ay (je cuyde ce vin avoir esté appelé ay par antinomie parce que n'estre pas haï, comme estre appelées furies euménides et comme estre appelé ambigu comique). Après ce commençasmes à estre joyeux. Peu hasbitué à nos repas pantagruesliques, ce vieux con de la Toque commença à remuer de la pupille de si fascheuse et estrange façon, puis de plus estrange fascheuse façon encore remua de l'estomac, puis tomba par terre et ne remua plus du tout. Alors l'espongeames, le lavasmes, le frottasmes, le portasmes, le montasmes, le deshabillasmes, le couchasmes, tout désincornifistibulé, puis rescitasmes à son chevet prières et oraisons des pochards, ivrognes, vinitisants et aultres et lui dormit, ronfla, pétarada toute la nuict à tire larigot et se réveilla au demourant courbatu, espaultré, effroissé, teste, nucque, dours, poictrine, braz, et tout.

Et recommençasmes le lendemain.

Or, le jour où Dieu le père se reposa après avoir ciel et terre créé, arrivasmes à Bezons. Et fit Prunier, ce jour-là, moultes choses, tant estonantes, merveilleuses et superlatives prouesses ès navigation, assavoir, remorqua de Bezons jusqu'à Argenteuil une tant espouvantablement grand nauf vélifère que cuyda laisser peau des mains sur avirons (deux belles putains estaient dans cette nauf vélifère).

Signé : JOSEPH PRUNIER,
Commandant de l'*Étretat*.

À LOUIS LE POITTEVIN

Paris, ce dimanche soir
[fin 1874 ou début 1875].

C'est la rage dans le cœur et l'indignation au bout de la plume que je t'écris, mon cher Louis[1]. Je viens de voir l'« Étretat »[2] – la peinture est éreintée, il y a des places grandes comme la main où le bois est à nu. Ensuite, le père Gardon, notre gareur, nous dit quand nous arrivons, « Messieurs, on vous a envoyé un aviron qui ne tiendra pas deux jours. » Comme il faisait beaucoup de vent, nous sortons à la rame. Au bout de 5 minutes l'aviron casse! Le bois de la gaffe était pourri – la gaffe casse.
total

peinture-réparations	8 fr.
aviron commandé ici	7
gaffe	1
	16

de plus – le canot fait eau et Gardon prétend que le mât ne tiendra pas un mois tant il est gercé. Nous sommes obligés de le faire cercler de fer – 2 fr.

Si Bénard ne m'envoie pas de suite un aviron de rechange – et pour rien, naturellement – il peut bien compter qu'il n'aura pas une commande ici. Tout le monde m'a blagué sur mon constructeur rouennais et Fontaine n'était pas content d'avoir 18 fr. de réparation dès le premier jour. Je te prie de faire cette commission à Bénard, si tu as une minute.

Tu peux dire encore à Bénard que la dérive ne descend que de 23 centimètres au lieu de 50. Je n'ai que 14 m. de toile.

Adieu, mon cher Louis. Mille compliments à ta femme et à ton beau-père. Pardon pour la peine que je te donne encore.

Tout à toi,

GUY DE MAUPASSANT

---

1. Louis Le Poittevin, cousin de Maupassant. Celui-ci sera aussi, à Paris, quelques années plus tard, son locataire.
2. *L'Étretat*, *La Feuille de Rose* et *Le Frère Jan* sont les trois embarcations dont disposera l'Union.

À SA MÈRE

Paris, le 29 juillet 1875.

Ma chère mère,

Voici enfin le beau temps revenu et j'espère que cela va te faire louer ta maison. Il fait aujourd'hui une chaleur terrible et les derniers Parisiens vont bien certainement se sauver. Quant à moi, je canote, je me baigne, je me baigne et je canote. Les rats et les grenouilles ont tellement l'habitude de me voir passer à toute heure de la nuit avec ma lanterne à l'avant de mon canot qu'ils viennent me souhaiter le bonsoir. Je manœuvre mon gros bateau comme un autre manœuvrerait une yole et les canotiers de mes amis qui demeurent à Bougival (2 lieues 1/2 de Bezons) sont supercoquentieusement esmerveillés quand je viens vers minuit leur demander un verre de rhum. Je travaille toujours à mes scènes de canotage dont je t'ai parlé et je crois que je pourrai faire un petit livre assez amusant et vrai en choisissant les meilleures des histoires de canotiers que je connais, en les augmentant, brodant, etc., etc....

Nous aurons l'année prochaine les tramways à Bezons, ce qui changera le pays du tout au tout. Si j'avais de l'argent, j'achèterais en ce moment un beau morceau de terre à vendre que je connais. La meilleure terre du pays, contre la rivière dans Bezons, 9000 mètres à 1 fr. 50 le mètre, et je serais bien certain de le revendre 4 fr. le mètre d'ici à deux ans, mais il y a, paraît-il, déjà des amateurs sérieux. [...]

Tu me demandes quand je viendrai pour un jour à Étretat. Hélas, j'en aurais bien envie; j'ai en ce moment le mal du pays et par des grandes journées de chaleur, il me semble à tout moment voir notre plage resplendissante de soleil, et apercevoir mon *monde* tantôt dans une rue, tantôt dans une autre, mais je suis si effroyablement panné, si désastreusement rincé que cela m'est vraiment absolument impossible. J'achève de payer 10 fr. par mois à mon père pour me libérer de ce qu'il m'a avancé pour mon lit et ces 10 francs de moins me sont une grande gêne en cette saison de canotage, surtout avec un budget comme le mien, qui doit être réglé à

2 francs près. J'ai beau combiner mes comptes de toutes les façons possibles, je ne vois pas moyen d'économiser cela et chaque mois je me demande comment j'atteindrai la fin.

Les Commanville[1] ont en effet suspendu leurs payements et Gustave Flaubert a une partie de sa fortune engagée là-dedans. Ce pauvre ami est bien malheureux.

Adieu, ma chère mère, je t'embrasse de tout cœur ainsi qu'Hervé. Compliments à Josèphe.

Écris-moi vite.

> Ton fils,
> GUY DE MAUPASSANT

À ÉMILE ZOLA

Ministère de la Marine et des Colonies
> Paris, le 10 juillet 1878.

Mon cher Maître,

Le bateau est acheté[2], tiré à terre, et presque entièrement repeint. J'ai surveillé moi-même toutes ces opérations pour l'examiner encore tout à fait hors de l'eau. Il est, à mon avis, fort bon. Le nom NANA est écrit *des deux côtés à l'arrière*, parce que le bateau, comme tous les chasse-canard, est pointu par les deux bouts.

La question du transport a été grosse de difficultés. J'ai pensé d'abord aux chalands, mais le constructeur m'en a détourné, parce que les mariniers démolissent la moitié des embarcations qu'on leur confie. De plus, elles restent exposées sur le pont, au grand soleil, hors de l'eau, pendant deux jours au moins que dure le voyage. Et cela suffit, par les chaleurs que nous traversons, pour fendre d'un bout à l'autre, un ou deux clins.

J'ai cherché un pêcheur pour le conduire. On m'a demandé 20 francs, ce qui m'a paru exagéré.

Alors voici à quoi je me suis arrêté.

Comme le trajet est long (49 k.), je ne veux pas l'entreprendre seul avec un bateau autre qu'une yole. Mais à deux rameurs, il est facile. Je prends donc mon

---

1. Flaubert sacrifie sa fortune pour sauver de la faillite sa nièce, Caroline de Commanville.
2. Il s'agit du bateau de Zola, *Nana*.

camarade qui canote avec moi ; et comme il n'est peut-être pas assez fort pour aller jusqu'au bout sans fatigue, j'ai retenu Hennique[1] qui pourra le relayer une heure de temps en temps. Moi, j'irai bien et sans mal.

Nous partirons donc dimanche matin à 3 heures et demie de Bezons, nous déjeunerons à Conflans, où je laisserai souffler *mes hommes* pendant deux heures, et nous serons à Médan vers 4 ou 5 heures. Si vous êtes au bord de l'eau, vous nous verrez arriver. Nous reprendrons à Triel le train qui nous descendra à Houilles, près de Bezons. De cette façon, ce voyage n'est nullement une fatigue, mais un plaisir, et nous serons rentrés de bonne heure, tout comme si nous nous étions promenés à Bougival. De plus, je suis certain que *Nana* vous arrivera en bon état, sans avarie d'aucune sorte.

Ainsi donc, à dimanche, mon cher Maître ; je vous serre les mains en attendant, et je vous prie de présenter à Madame Zola mes compliments respectueux.

GUY DE MAUPASSANT

---

1. Léon Hennique fait partie du groupe des écrivains naturalistes qui collaboreront aux *Soirées de Médan*.

À GEORGES CHARPENTIER

[Fragment]
Ministère de la Marine et des Colonies

Paris, ce 28 août 1878.

Cher Monsieur et ami[1],

Vous m'avez laissé espérer cet hiver que vous voudriez bien venir passer un jour avec moi cet été, dans les parages que vous avez fréquentés autrefois.

C'est Dimanche prochain la fête de Bezons et je crois qu'on y verra des choses farces, tous les habitants du pays, qui ont pour moi une horreur profonde, étant, à mon avis très comiques.

J'aurai, ce jour-là, Hennique, Céard et Huysmans, plus quelques canotiers des deux sexes dont les uns ne sont pas trop bêtes et les autres pas trop laides.

Je n'ai pas de roman à vous proposer, aucun de mes amis non plus, par conséquent vous n'avez rien à craindre de notre part.

J'espère que toutes ces considérations vous décideront à vous joindre à nous, auquel cas voici l'itinéraire à suivre.

...Tâchez de venir dès le matin ; si vous ne le pouvez pas absolument, je vous attendrai toujours pour l'après-midi, nous canoterons un peu et nous esbahirons les bourgeois. Ne craignez rien, on ne vous reconnaîtra pas. Donc, à Dimanche, n'est-ce pas ?...

GUY DE MAUPASSANT
17, rue Clauzel

---

1. Georges Charpentier, éditeur célèbre qui publiera en particulier les romans de Zola et de l'école naturaliste.

La question du titre

Question de composition, question de titre... Maupassant songe d'abord à ouvrir son recueil avec Le Champ d'oliviers, *dont le titre laisse insatisfait Victor Havard. Aucun des titres proposés par Havard ne convient à Maupassant. Il accède, cependant, à la suggestion de son éditeur :* Lequel ? *n'est pas bon, et lui substitue* L'Inutile Beauté : « Je vous remercie d'avoir bien voulu me donner ce nouveau titre qui est, en effet, excellent », *répond Havard, le 1er mars 1890. Enfin Maupassant décide d'ouvrir, et de titrer le recueil avec* L'Inutile Beauté. *Les deux nouvelles seront restées en concurrence, ne cessant, pour ainsi dire, de soulever des questions : quel est, aux yeux de son époux, l'enfant adultère de la comtesse de Mascaret ? quel est, des deux amants en titre, le père de Philippe-Auguste ? quelle nouvelle doit ouvrir le recueil ? quel titre lui donner ?* Lequel ?... Lequel ?...

Sa correspondance avec Victor Havard permet de mesurer l'importance et le développement de la question dans l'esprit de Maupassant.

À VICTOR HAVARD

Cannes, Pension Marie-Louise.
[janvier 1890.]

Mon cher ami,

Voici mon titre définitif pour ma nouvelle du *Figaro* et pour mon volume :
Le Champ d'oliviers
Vous pourrez donc l'annoncer quand il vous plaira.
Je vous serre bien cordialement la main.

MAUPASSANT

À VICTOR HAVARD

Cannes, Pension Marie-Louise.
[février 1890.]

Mon cher ami,

Je vous ai envoyé hier une nouvelle *Lequel*, que je vous prie de faire composer. Changez le titre pour celui-ci :
L'Inutile Beauté
Elle suivra *Le Champ d'oliviers* dans votre volume. Viendront ensuite *Mouche*, parue à l'*Écho* il y a quinze jours, puis *Le Noyé*, *L'Épreuve*, *Le Masque*, *Un Portrait*, *L'Infirme*, *Les Vingt-cinq francs de la Supérieure* que je vous adresse aujourd'hui.

Vous y ajouterez encore *Qui sait* et *Le Train monégasque*, à paraître d'ici à quinze jours dans *L'Écho de Paris*.

Vous recevrez incessamment *Le Champ d'oliviers*. J'ai une petite modification à faire à la fin[1]. Ce sera fait dans deux jours.

Je vous serre bien cordialement la main, mon cher ami.

MAUPASSANT

---

1. Sur cette modification importante, *cf.* note 1 de la page 57.

À VICTOR HAVARD

[Fragment]

17 mars 1890.

...Quant à votre volume, soyez sûr que *L'Inutile Beauté* a cent fois la valeur du *Champ d'oliviers*. Celui-ci plaira davantage à la sensibilité bourgeoise ; mais la sensibilité a des nerfs au lieu de jugement. *L'Inutile Beauté* est la nouvelle la plus rare que j'aie jamais faite. Ce n'est qu'un symbole. Rappelez-vous votre emballement pour *Mont-Oriol* que je n'aimais pas, moi, et qui ne vaut pas grand-chose. Envoyez-moi le plus vite possible à Paris la mise en pages. J'ai les yeux tout à fait malades et je corrige très lentement...

À VICTOR HAVARD

Paris, jeudi.
[Reçue le 20 mars 1890.]

Mon cher ami,

Pourriez-vous venir me voir demain vendredi, vers une heure et demie ? Le titre que vous m'avez demandé, *Pères et Maris*, me dégoûte affreusement. Je n'en veux pas. Et je suis fort embarrassé.

Je vous serre bien cordialement la main.

MAUPASSANT

À VICTOR HAVARD

[Reçue le 25 mars 1890.]

Mon cher ami,

Voulez-vous faire prendre à *L'Écho de Paris* le manuscrit de *Qui sait ?* J'ai promis que vous le rendriez dès que vous l'aurez fait composer. Il paraîtra ensuite.

Je vais vous renvoyer toutes les épreuves. Nous mettons, bien entendu, *L'Inutile Beauté* en tête en prenant ce titre dont tout le monde me félicite.

Nous pourrons paraître dans 15 jours *au plus tard*.
Bien cordialement à vous.

MAUPASSANT

Fort comme la mort a été vendu à Manzo de Madrid, 1000 francs pour l'Espagne et 500 francs pour l'Amérique espagnole. Son correspondant à Paris est M. Garcia Ramon, écrivain espagnol.

À VICTOR HAVARD

[Reçue le 27 mars 1890.]

Mon cher ami,

Il me manque quelques pages en bonnes feuilles.
Voici la fin. Changez l'ordre. Placez le *Cas de divorce* avant *Qui sait*, qui terminera le volume.
Bien cordialement.

MAUPASSANT

D'une question à l'autre – de Lequel? *à* Qui sait? *– ainsi s'ouvre et s'achève le recueil.*

Portraits de femmes

La comtesse Emmanuela Potocka, et son club des « Mac-chabées » qui réunit ceux qui sont morts d'amour, Marie Kann et sa sœur, Mme Albert Cahen d'Anvers, Geneviève Strauss, veuve Bizet... Chacune, diversement, à sa manière, semble avoir séduit, subjugué Maupassant, incarnant à ses yeux les diverses figures de « la beauté mondaine » qu'explorera à son tour, à partir des mêmes lieux parfois, Marcel Proust. S'il y reconnaît sans doute l'une des vérités de la passion amoureuse, du désir, Maupassant n'est pas dupe des poses de « crevarde », des grâces morbides de ses belles amies. Il aime à les choquer, les provoquer, les faire rire aussi, au soleil, dans des promenades en barque, en bateau. Mais ce qui intéresse, fascine l'écrivain tient sur-tout au mystère de la représentation, chez ces femmes qui – comme le fera la comtesse de Mascaret – se vouent, se dévouent à l'image qu'elles veulent donner d'elles-mêmes, à certaine image de la femme qui ouvre au-delà de l'amour, de la maternité, qui se développe contre la nature, la « reproduction ».

Les portraits de Geneviève Strauss et de Marie Kann que présente le Journal des Goncourt donnent l'occasion de confronter, à celui de Maupassant, le regard « artiste » qu'Edmond de Goncourt porte sur ces belles alanguies, ces belles ténébreuses.

Lundi 7 décembre

Dîner chez Mme Marie Kann.

Trois domestiques échelonnés sur l'escalier, la hauteur des portes à deux battants, l'immensité des appartements, la succession des salons aux murs de soie vous disent que vous êtes dans un logis de la banque israélite. Malheureusement pour un œil de bibeloteur, cet œil rencontre dans ce luxe, au milieu de ces splendeurs, des paravents japonais de 75 francs et, sur les étagères courant autour des glaces, à la mode allemande, de petits pots de Chine qu'on voit dans les sébiles, à la porte des marchands de chinoiseries dans les prix doux.

Sur un canapé est nonchalamment assise Mme Kann, avec ses grands yeux cernés, tout pleins de la langueur des brunes, son teint de rose thé, son noir grain de beauté sur une pommette, sa bouche aux retroussis moqueurs, son décolletage à la blancheur d'une gorge de lymphatique, ses gestes paresseux, brisés et dans lesquels monte, par moments, comme une fièvre. Cette femme a un charme à la fois mourant et ironique tout à fait singulier et auquel se mêle la séduction particulière des Russes : la perversité intellectuelle des yeux et le gazouillement ingénu de la voix. Et de temps en temps la frêle personne à la grâce languide est secouée par une petite toux sèche.

Vraiment, elle est très parlante à la curiosité amoureuse, cette femme; et cependant, si j'étais encore jeune, encore en quête d'amours, je ne voudrais d'elle que sa coquetterie : il me semblerait que si elle se donnait à moi, je boirais sur ses lèvres un peu de mort. Par moments, elle a contre elle des resserrements de bras, qui me font penser à un corps ligoté dans un cercueil.

La conversation, je ne sais comment, est allée de Palerme et de ses catacombes à la morgue et à ses noyés, et Maupassant, qui dîne avec moi, parle longue- ment de ses *repêchages* en Seine et de son goût pour les *macchabées* du fleuve parisien, à cause des laideurs originales qu'ils revêtent. Il s'étend, il appuie sur la *bouillie*, le *papier mâché*, la dégoûtation de ces cadavres, avec la préméditation – c'est très sensible – d'agir sur la cervelle des jeunes femmes qui sont là et d'y caser sa personne de narrateur, qui fait peur, dans un coin de cauchemar.

Pendant que dans le grand salon, nous causons mort et morgue, sur le seuil du petit salon, dans l'entre-deux de la porte, Mme Kann est assise de côté, le menton appuyé sur le dossier d'une chaise, se détachant, sourieuse et épeurée et adorablement *crevarde*, se détachant d'un fond presque entièrement rempli par son grand portrait en pied, peint par Bonnat et illuminé *a giorno*. [...]

[Année 1885]

Lundi 28 mars

Mme Strauss, que je ne puis discontinuer d'appeler Mme Bizet. Elle est en robe de chambre de soie claire et molle et bouffante, et garnie de haut en bas de gros nœuds floches, paresseusement enfoncée dans un profond fauteuil, avec la mobilité fiévreuse de ses doux yeux de velours noir, avec la coquetterie des poses maladives, et ayant sur ses genoux *Vivette*, une caniche noire, aux pattes montrant la ténuité d'une petite serre d'oiseau.

Et le décor est charmant autour de la femme. Sur un panneau, en face d'elle, se trouve un splendide Nattier représentant une grande dame de la Régence en son volant costume de naïade, s'enlevant au-dessus d'une forêt de roseaux ; et sur le milieu de la cheminée, contre le marbre de laquelle la maîtresse de maison appuie parfois son front, se contourne une élégante statuette de marbre blanc attribuée à Coysevox...

[Année 1887]

Indications bibliographiques

ŒUVRES COMPLÈTES

Contes et Nouvelles, préface d'A. Lanoux, texte établi et annoté par L. Forestier, Bibliothèque de la Pléiade, t. I et II, Gallimard, 1974, 1979.
Contes et nouvelles, « Quid de Guy de Maupassant », par D. Frémy, « Bouquins », t. I et t. II, Laffont, 1988.

CORRESPONDANCE

Nous avons suivi l'édition établie par J. Suffel, « Le Cercle du bibliophile », Évreux, 1973, 3 vol.

OUVRAGES ET ARTICLES CRITIQUES

BANCQUART, Marie-Claire, *Maupassant, conteur fantastique*, Lettres Modernes Minard, 1976.
BONNEFIS, Philippe, *Comme Maupassant*, « Objet », P.U.L., 1981 (rééd. 1985, 1993).
BUISINE, Alain, « Tel père, quel fils ? », dans *Le Naturalisme*, Coll. de Cerisy, U.G.E., 10/18, 1978, pp. 317-335.
LANOUX, Armand, *Maupassant le Bel-Ami*, Fayard, 1967, rééd. Le Livre de Poche, 1979.
MARCOIN, Francis, préface à son édition de *Notre cœur*, Le Livre de Poche, 1993.
SAVINIO, Alberto, *Maupassant et l'« Autre »*, Gallimard, 1977.
SCHMIDT, Albert-Marie, *Maupassant*, « Écrivains de toujours », Seuil, 1962.
WALD LASOWSKI, Patrick, *Syphilis, essai sur la littérature française au XIXᵉ siècle*, Gallimard, 1982.

Table

MOUCHE
L'Inutile Beauté

DOSSIER

Composition réalisée par COMPOFAC - PARIS

IMPRIMÉ EN FRANCE PAR BRODARD ET TAUPIN
Usine de La Flèche (Sarthe).
LIBRAIRIE GÉNÉRALE FRANÇAISE - 6, rue Pierre-Sarrazin - 75006 Paris.
ISBN : 2 - 253 - 06482 - 3   ⬥ 30/9716/9